恐怖箱

夜泣怪談《よなきかいだん》

内藤駆 著

竹書房文庫

※本書に登場する人物名は、様々な事情を考慮してすべて仮名にしてあります。また、作中に登場する体験者の記憶と体験当時の世相を鑑み、極力当時の様相を再現するよう心がけています。現代においては若干耳慣れない言葉・表記が登場する場合がありますが、これらは差別・侮蔑を意図する考えに基づくものではありません。

まえがき

皆様、初めまして、内藤駆と申します。

まずはこの本を手に取って頂きありがとうございます。

私は以前から趣味程度の感覚で怖い話、不思議な話、意味不明な話を集めていました。

そのような自分がまさか一冊の本を書かせて頂けるとは、夢にも思いませんでした。

これも皆様のおかげです。

まだまだ文章力、表現力など未熟な部分も多々ございますが、皆様に今まで集めた怪談を楽しんで頂けるよう、一生懸命頑張りました。

それでは私の集めた話をお楽しみください。

目次

ツツジ

数年前の春、ＯＬの戸内さんが体験した話。

戸内さんが出勤途中にいつも通る大きなマンションがあった。

マンションの前には沢山のツツジが植えてあり、朱色の花が辺りを彩《いろど》っていた。

「とても綺麗。手入れが行き届いているのね」

子供の頃、戸内さんはよく友達と一緒に花の蜜を吸ったことを思い出した。

戸内さんが沢山咲いた朱色の花々に触れていると、その中に交じって小さな手が突き出ていた。

丸っこくてぷにぷにとした赤ん坊みたいな手。

驚いた戸内さんが手を引っ込めると、小さな手は消えていた。

彼女は見間違いか気のせいだと思い、その場を離れて職場に向かった。

仕事帰りの夕方、何となく気になってマンション前のツツジを見た。

また、花々の間から小さな手が出ていて、今度がゆっくりとグーとパーを繰り返している。

その光景を見て戸内さんは、何だかとても可愛く思った。

そして自分の人差し指を小さな手のひらに当ててみた。

小さな手はゆっくりと彼女の人差し指を握った。

「友達の子供と同じ反応だ」

戸内さんが微笑んでいると、突然、植え込みの中から別の大人の手が出てきて彼女の手首を強く掴んだ。

そしてそのまま思い切り引っ張られ、ツツジの中に上半身を突っ込む形になった。

植え込みの中には、顔色の悪い痩せた女の顔があった。

「すみません、私がやりました」

女は目を大きく見開き、まるで機械のように抑揚のない喋り方で言った。

戸内さんは叫び声を上げてその場から逃げると、数日間仕事を休んだ。

その後は、通勤の際、あのマンション前を通らないようにしている。

ポップコーン

Ｃ県のとある有名なリゾートホテルの話。

そのホテルは国際線の空港が近いだけあって、沢山の外国人——特に欧米人がよく利用しているらしい。

ホテル内にはその欧米人客向けのバーがあった。

バーにはワンドリンクを注文すれば、誰でも食べ放題になるポップコーン製造機が置いてあった。

店側が機械にトウモロコシを補給し、客が上部の蓋を開けて専用のカゴを突っ込み、好きなだけ熱々のポップコーンを食べられるという仕組みだ。

しかし現在、機械は故障中だという。

あるホテルの常連客が夜、バーに行ってビールを注文し、早速名物のポップコーンを貰おうとした。

しかし、製造機には故障中の貼り紙が。

「何だ、故障なのか」

客の男はカウンター席に座ると、残念そうにスタッフに零した。

「いつから故障中なんだい？　せっかく楽しみにしていたのに」

男は後ろのポップコーン製造機を指さした。

「正確には分からないのですが、三カ月前くらいからですかね。アイツが現れたのは」

スタッフは困惑気味に言った。

「アイツ？　何だいそれは」

男が聞き返すとスタッフは苦笑いしながら、製造機の故障について話し始めた。


三カ月くらい前の夜、やはり一人の客がポップコーンを食べようと製造機に近づいた。製造機上部の蓋を開け、カゴを突っ込んでポップコーンをすくおうとしたとき、

「Stop it!」という野太い男の声が聞こえてきた。

カゴを持った男は手を止めて辺りを見回した。

「やめておけ、だと。誰だ？」

しかし店内には、男以外に二人の女性スタッフと若いカップル客、高齢の女性客しかいなかった。

カップル客の若い男性の声は、先ほどの野太い声とは全く似ていない。

「気のせいか」

男は再び機械の上部からカゴを突っ込んでポップコーンをすくった。

するとまた、「Stop it!」の野太い声とともに、ポップコーンの山の中から大きな手が現れて男のカゴを強く叩き、ポップコーンを叩き落としてしまった。

仰天した男は慌てて製造機から離れると、スタッフに向かって「あれはどういうことだ？」とクレームを付けた。

男の話を聞いたスタッフは到底信じられなかったが、一応製造機を調べてみた。いろいろとチェックしてみたが特におかしいところはなかったので、スタッフは自分でカゴにポップコーンを入れて男のところに持っていった。

だが男は、「そんなもの食えるかよ」とドリンクを一気に飲み干して去っていった。

「ここに来る前に、もうかなり酔っ払っていたんじゃないのかしら」

スタッフはカゴを持ったまま首をすくめた。

しかし、その日以来、製造機で奇妙なことが起こるというクレームが相次いだ。

「ポップコーン製造機の中から男の手が出てくる」

「Stop it！　という男の声とともに、カゴですくったポップコーンを叩き落とされた」

　一晩に一人か二人、毎日そういったクレームが入るようになったのだ。

　報告を受けたバーの責任者やホテル側は、当たり前だがそんな話に懐疑的だった。

　だが、クレームが来ている以上は放っておく訳にはいかない。

「全く変なクレームが付いたものだね。ポップコーンから手が出てくるなんて。手の主は、よっぽどポップコーンに飢えている大馬鹿者か？」

　バー業務関係者のミーティングの際、男性の責任者がお話にならないといった顔で、皆にそう言いながら製造機内のポップコーンをカゴですくった。

「Stop it !!」

　例の警告が店内中に大きく響く。

　そしてポップコーンの山から手が出てきて、責任者の持ったカゴを叩くと次は彼の手首を強く握ってきた。

　その様子をスタッフ全員が見ていた。

「ぎぇ!!」

　責任者は情けない叫び声を上げると、製造機の前で尻もちをついた。

　震える責任者の手首には、強く握られた赤い痕がくっきりと付いていた。

それからというもの、ポップコーン製造機には故障中の貼り紙が付けられてしまった。

「本当に全く理由や原因が分からないんですよ。何故突然、あのポップコーン製造機にあんな男の手が住み着いてしまったのか。何故手がみんなの楽しみの邪魔をするのか」

スタッフはビールのおかわりを常連客に出しながら諦め気味に言った。

現在もそのポップコーン製造機はバーに置かれているが、未だに故障中の貼り紙が付けられたままだという。

エレベーター速度

都内で実家暮らしのＯＬ、土屋さんから聞いた話。

二年ほど前、彼女のお姉さんが元気な女の子を出産した。

土屋さんのお姉さんも同じく都内のマンションに住んでいたが、彼女達の母親は足腰が悪くてあまり頻繁には手伝いに行けなかった。

更にお姉さんの旦那さんはその時期、運悪く仕事が多忙で出張も多かった。

そこで土屋さんが自分の勤める会社からの帰り、ほぼ毎日お姉さんのマンションに行っていろいろと手伝ってあげていた。

お姉さんとは元々仲が良かったし、子供好きな土屋さんは生まれたての姪っ子と会って世話をするのがとても楽しかった。

旦那さんが一流企業に勤めているだけあって、お姉さん夫婦の住んでいるのは新しい高級タワーマンションだった。

「姉さん、いい旦那さんをゲットしたな……」

そびえ立つマンションの前へ来るたびに、土屋さんは姉を羨ましく思ったそうだ。

お姉さんのマンションに通い始めてから一カ月以上が過ぎた。

その間、土屋さんはマンションのエレベーターについて、気になることがあった。

お姉さん夫婦の住む階は十五階。

正確に測った訳ではないが、途中で他の階の人が乗らなければ一分間弱くらいで上りでは十五階、下りでは一階に着く。

ところが三、四回に一回くらいの割合で、通常と比べて昇降の時間がとても長く感じることがあった。

土屋さんは最初、気のせいかと思っていた。

しかし、エレベーター内で目的の階に着くまでに、スマホを眺めている時間が明らかに長いと感じるときがあるのだ。

そしてそれは土屋さんが、一人でエレベーターに乗っているときにのみ起こる現象だった。

このマンションのエレベーター独自の仕様か何かなのかと思い、土屋さんはお姉さんにそのことを聞いたが、「気のせいじゃない？　私は住み始めてからそんなことを感じたことはないわ。上り下りも掛かる時間は同じよ」と簡単に否定されてしまった。

マンションにエレベーターは三基あるが、土屋さんはどれに乗っても通常よりも昇降時間が長く感じる現象を体験したという。

ちなみにエレベーターのドアに窓はなく、昇降中に外部を見ることはできない。

「いやぁ、あれは気のせいどころの長さじゃないわ」

お姉さんはああ言っていたが、何度もエレベーターで謎の時間を過ごした土屋さんは自分の感覚に狂いはないと確信していた。


ある日、土屋さんはいつものようにお姉さんの所に行った。

お姉さんとお喋りをしながら夕食を作ったり、姪の面倒を見ているうちに大分遅くなってしまった。

「泊まっていきなさいよ、明日は休みでしょ？　今日も旦那は出張だし」

お姉さんはそう言ってくれたが、休みの間に土屋さんも自分の部屋を片付けたかったので、その日は帰ることにした。

愛する姪っ子にお休みの挨拶をしてマンションの廊下に出ると、土屋さんは三基あるうちの真ん中のエレベーターに乗る。

――今日も何かアレが起きそう……」

一階のボタンを押した瞬間、土屋さんは何故かそう思った。

彼女は自分の直感を信じるといつものようにスマホを出さず、時計と階数表示の画面を見ることに集中した。

エレベーターが降り始める。

15F、14F、13F、12F……。

一つの階を過ぎて、次の階まで降りていくのに掛かる時間は約四秒だった。

11F、10F、9F……。

「あっ」

エレベーターが八階まで降りたときだった。

階数表示の画面が8Fで停まってしまったのだ。

しかしエレベーターが降りるときに身体全体で感じる加速感や、動力部分が出す微かな起動音は継続している。

エレベーターが八階で停まって約三分が経った。

「幾ら何でも長すぎない……？」

土屋さんは階数ボタンや昇降ボタンを何度も押してみたが反応が全く見られない。

スマートホンはいつの間にか圏外になっていた。

さすがに怖くなった土屋さんは、それでも単純にエレベーターが故障したのだと思い、階数ボタンの下に設置してある緊急電話に手を伸ばそうとした。

カタッ。


土屋さんの後方から小さな音が聞こえた。

後ろを振り向いて足下を見ると、そこには小さな木の扉があった。

扉の高さ幅ともに、五、六十センチ程度で小型の仏壇のように見えなくもない
もちろん、何度もエレベーターに乗っている土屋さんだが、こんな物を見たのは今夜が初めてだった。

硬質素材で作られたエレベーターの壁面の下方に、何故か観音開きの古臭い木の扉が突然現れたのだ。

エレベーターは動いてはいるようだが、階数表示は８Ｆからずっと変わらない。

「これは……どういうこと？」

小さな扉に興味を持ち、強く惹かれた土屋さんは、先ほどまでの恐怖心を忘れてその場にしゃがみこむと木の扉を開けてしまった。

そして扉の中を覗きこんだ途端、土屋さんは、「え～!?」と大声を上げた。

扉の中の世界は薄暗く、地面には明らかに人工的に作られた石畳の歩道がずっと奥まで続いている。

そして石畳をまたいだ、沢山の真っ赤な鳥居がやはり奥まで連続して並んでいた。

空には夕焼けが広がっている。

土屋さんは旅行の本で同じような光景を見たことがあった。

「あら、綺麗ね」

土屋さんは思わず呟いた。

同時にこの不思議な世界のずっと奥のほうから、無数に並ぶ鳥居をくぐりながらこちらに向かって石畳を走ってくる何かに気が付いた。

それは人間のようだったが、土屋さんは何か全体的に形がおかしいと思った。

二本足で走っているのだから人間なのだろうが、上半身が歪に盛り上がっている。

「何アレ!?」

物凄いスピードでこちらに走ってくるおかしな物の全体像がはっきりと見えた瞬間、土屋さんは叫び声を上げて木の扉を閉めた。

同じタイミングでエレベーターのドアが開いたので、土屋さんは立ち上がると大慌てで外に出た。

そこはいつものマンション一階のロビーだった。

ロビーの大きな壁掛け時計を見ると、お姉さんの部屋を出てから一分ほどしか経っていなかったという。

土屋さんはふらつきながらマンションを出て、その日はタクシーで実家まで帰った。

タクシーの後部座席で土屋さんは、扉の奥から向かってきた物のことを思い出した。

そいつの上半身は肥満した腹部のような肉塊で、沢山の手足や顔がくっついていた。

手足や顔はイソギンチャクの触手のように、ゆらゆらぴくぴくと蠢いていた。

恐ろしくなって扉を閉める直前、土屋さんは顔の一つと目が合った。

その顔は笑いながら涙を流していたという。


それから一週間くらい、土屋さんは怖くてマンションに行くことができなかった。

お姉さんには体調が悪いと言ってごまかしておいた。

恐怖心が和らいで、再びマンションに行けるようになっても、極力一人ではエレベーターに乗らないようにした。

幸いなことに、その後はエレベーターが八階で停まったり、謎の観音扉が現れることはなかったという。

土屋さんは後になって何げなくお姉さんに、「このマンションの八階って何か変わったことってある?」と訊ねた。

するとお姉さんは、

「八階って……何であなた知っているの?　このマンション、何故か八階だけ一人も入居者がいないのよ。もったいないわよね」

団地

同期生の永井が、ピザの宅配サービスでバイトをしていたときの話だ。

彼は主に都内E区の宅配を担当していた。

彼の働く店舗はなかなか繁盛しており、永井も頻繁に宅配バイクに乗ってお客様にピザを届ける日々を送っていた。

宅配の際、永井が頻繁に通る場所があった。

それはある団地の敷地内。

やや古いその団地はA号棟とB号棟の二つに分かれていた。

二つの団地の間には駐車場に入るための車道が横切っており、そこを通れば団地の大きな敷地を迂回せずに済むため大幅なショートカットになるのだ。

ただ、そこをバイクで走って抜けるには少し勇気がいる。

毎回ではないのだが、左右両方の団地の屋上に沢山の人間がズラッと並んでいることがあるらしい。

その団地の屋上にはフェンスがない。

永井は直接そこに上ったことはないが、団地の屋上は通常は人が出入りできるタイプのものではないと推測した。

そんな団地の屋上に端から端までほぼ隙間なく人間が並び、下を走る永井をジッと見下ろしているのだという。

全員があと少し前に出れば転落しそうなくらい、ギリギリな場所に立っているらしい。

そして永井が敷地を横断しきった後、バイクを停めて振り向くとあれほど屋上に沢山いた人々は一瞬にして消えているのだ。

永井はあまりにも不可解な光景なので、一度敷地の真ん中でバイクを停めて屋上に並ぶ人々をじっくりと観察してみた。

すると皆がみんな、高齢者であることに気が付いた。

若い人間は一人もいない。

ふらつきながら辛うじて立っている者、杖を突いている者、車椅子に乗っている者、御丁寧に点滴スタンドを横に立たせている者までいた。

まるで老人ホームみたいだった。

「ただ立っているだけ、それ以外は何もしてこないけどやっぱり不気味だった」

永井はバイト時代のことを思い出しながら言った。

同じデリバリー担当の仲間数人も、バイクでそこを通ることがあるので屋上に立つ老人達のことを話してみた。

だがそんなものを見るのは永井だけらしく、バイクに乗りながら夢でも見ていたんじゃないかと仲間からバカにされただけだった。

永井はその団地のことをネットで検索してみたが、これといって目立った事故やおかしなエピソードなどない、少し古いだけのごく普通の団地だった。

「夢や幻じゃなければ集団で現れる幽霊じゃないのかって言ってくれる人もいたけど、俺としてはあの老人達がまだ生きている人間に思えてならないんだ。何のためにあんな危険な場所に集団で立っているんだとか、一瞬にして消えるタネは説明できないが」

それだけはっきりと老人達が見えるのだという。

現在、永井はバイトを辞めているのでその団地に近づくことはない。

最後に老人達の表情についてはどうだったかと訊くと、

「全員、物欲しそうに俺を見ていた。まるで自分が食い物になった気分だった」

と答えた。

夜勤

介護職員である友人の原田から、二つの話を聞くことができた。

原田は、「両方とも一年程前に勤め始めた老人ホームの夜勤中に起きたことだ。ただし、幽霊やら宇宙人なんかは出てこないぞ」と念を押しながら話を始めた。


ある夏の夜、夜勤だった原田は深夜の定時巡回をしていた。

原田の担当する階は、認知症などにより夜中に徘徊する高齢者が何人かいるという。

しかし、その日に限っては静かな夜で、誰一人廊下にもフロアにも出てこない。

「珍しいこともあるな」

原田はそう思いながら報告書を記入し、合間にスマホを弄《いじ》っていた。

すると今まで動いていたクーラーがいきなり停まった。

何事かと不審に思いながらも、リモコンを操作して再度クーラーを点けようとしたが、エアコンはうんともすんとも言わない。

「おい、まだ夜は長いのにふざけるなよ」

原田がエアコンを調べようとすると、彼のいる介護ステーションの外の廊下で、何やら沢山の人々がノロノロと移動する気配を感じた。

原田は咄嗟《とっさ》にそちらを振り向いたが誰もいない。

徘徊している高齢者がいるのかと思って、ステーションの外に出たがそれもいない。

原田が頭をかいて辺りを見回すと、近くの部屋のドアが少し開いていた。

その部屋は秋元さんという高齢女性が使用していたが、彼女は数日前に亡くなり、現在は空き部屋だった。

通常、空き部屋は施錠するので、おかしいと思った原田はその部屋に近づいた。

そしてドアを開け、中を確認すると思わず声を上げた。

空き部屋には、老人の歩行補助に使うシルバーカーが所狭しと並んでいた。

もちろん、この部屋はシルバーカー置き場ではない。

原田はそのとき、目の前の不思議な光景に動揺しながらも、こんな状況を報告書にはどう書けばいいのか分からず、頭を抱え込んだという。

翌朝、原田は出勤してきた責任者や他の職員に状況を説明した。

一晩で空き部屋に勝手に集まったシルバーカーに全て、この老人ホームで暮らす他の高齢者達の所有物だった。

状況を見た責任者はさほど慌てず、

「秋元さん、亡くなる直前まで車椅子じゃなくてシルバーカーで歩きたいと言ってたからなぁ」と呑気に呟きながら、空き部屋のシルバーカーを元の持ち主達に戻し始めた。

原田も確かに、足腰が弱って車椅子移動になった生前の秋元さんが、「車椅子は情けない、せめてシルバーカーにしたい」と強く訴えていたことを思い出した。

その現象は一晩限りだったという。


もう一つは最初の話から数カ月後、冬の夜の出来事だ。

その日の夜勤、原田はホームの六階と五階の担当だった。

高齢者達を全員、部屋に戻し寝付かせて一息吐いたときだ。

原田がトイレに行こうとして介護ステーションの外に出ると、廊下の突き当たりに誰かが立っている。

徘徊の常習者、武本のおじいさんだった。

武本さんの部屋は廊下の突き当たりにある。

「武本さん、もう寝る時間だよ」

原田は、武本さんの側まで歩み寄って話しかけた。

そこは天井から足元までガラス張りで、外を広く見晴らすことができる。

普段なら夜はカーテンが閉められているはずだが、その夜は開いており、ガラス越しに夜景が見えた。

「カーテンを開いたのは武本さん？　駄目だよ、イタズラしちゃ」

しかし、武本さんはガラス張りの足元を指さしながら、

「ガラスの外の足元辺り、そこに女の子の上半身が張り付いて、こちらを見上げている」

と怯えながら言った。

認知症の武本さんにしては珍しく、はっきりと状況を伝えてきたという。

「怖いこと言うなよ、武本さん。早く寝ろよ」

原田はもちろん、武本さんの言うことは認知症からくる幻覚だと思った。

だが、数カ月前のシルバーカー事件の件もある。

少しビクついて慎重になっていた原田は、カーテンを閉めながらガラス越しに足元を確認せずにはいられなかった。

幸い、こちらを見上げる女の子などいなかった。

原田が武本さんを寝かせると、すぐに五階からナースコールがあった。

五階に入居している内村のおばあちゃんからだった。

原田は階段を下りながら、コールをしたのが内村さんだというのが気になった。

内村さんの部屋は、五階の廊下突き当たりにある。

先ほど寝かせた武本さんのちょうど真下の部屋だった。

突き当たりがガラス張りという構造も同じだ。

原田は内村さんの部屋の前までやってきた。

ガラス張りのカーテンは閉めてあったので、原田は何となくホッとした。

「内村さん、どうされました？」

原田が部屋に入り、照明を点けると寝たきりの内村さんが身体を少し震わせていた。

大きく見開いた内村さんの目は、明らかに何かに怯えている。

原田が話を訊くと、内村さんは突き当たりのガラス張りの外、その上からある物がぶら下がっているのを確かに見たと涙目で訴える。

ぶら下がっているというのは、白いタイツと革靴を履いたスカート姿の女の子らしき下半身だと内村さんは言う。

その話を聞いて、今度は原田が震えあがった。

内村さんも認知症だが、やはり武本さんと同じで今夜は珍しくきちんと話ができる。

「今日に限って、二人ともやけにはっきりとしているじゃないか……」

内村さんの部屋は武本さんの部屋の真下にあるのだ。

武本さんは女の子の上半身、内村さんは下半身。

二人の話を信用するなら、ガラス張りの外で六階と五階をまたいで女の子がぶら下がっているということになる。

しかし、武本さんも内村さんも普段全く接点はなく、また双方とも認知症なので話を合わせるということも考えにくい。

何よりも、そんなことを言って介護職員を怖がらせるメリットがない。

更に内村さんは手足がマヒしており、寝たきりなので夜中に自分で部屋を出てカーテンを開け、ガラス張りの外を見ることなどできるはずがないのだ。

「内村さん、きっと悪い夢を見たんだよ。そんな女の子いるはずがない」

原田は内村さんを宥めて部屋を出た。

さっきは確かに閉めてあったはずのガラス張りのカーテンが開いていた。

廊下には誰もいない。

原田は慌ててカーテンを閉めると、急いで介護ステーションに戻り、早く夜が明けることを祈りながら過ごした。

その後、原田が他の職員にその話をしてみると、実は夜勤の経験者は皆、武本さんと内村さんから同じ話を聞いていることが分かった。

不思議には思っていても、実際に件の女の子を見た訳ではなかったので黙っていたのだ。

どうしても気になった原田が、武本さんと内村さんが話していた六階から五階、そのガラス張りの外にぶら下がる女の子について責任者に訊いてみた。

「あれ、聞いてなかった？　五階と六階の突き当たりの部屋、武本さんや内村さん達だけじゃなくて、彼らよりも前の入居者達もみんな同じことを言うんだよ。喋れる人なら認知症とか身体状況に拘わらず全員、夜になると女の子がガラス張りの外にいます、ってね。まあ、今まで実際にその女の子を見た職員はいないから怖くないでしょ」

と、他人事のようにサラッと言う。

「余計に怖いですよ！」

原田は呑気な責任者に突っ込んだ。

ちなみに女の子の正体については責任者も分からないという。

強いて言えばこの老人ホームは元々病院だったが、ちょくちょく医療ミスを起こすので、すぐに廃院になった過去があるらしい。

そこに居抜きで入居したのが、この老人ホームなのだ。

「病院時代、医療ミスや事故はあったけど、女の子の死人は出ていないはずなんだけどなぁ」と相変わらず呑気な責任者。

そして武本さんと内村さんはその後も、ガラス張りの外に女の子がぶら下がっていると職員達に真剣に訴える。

原田は現在、本当に何か悪いことが起こらないうちに、この老人ホームを辞める準備をしている。

病院のベッド

ある日、佐川さん姉妹は内臓の調子が悪くて入院している伯母のお見舞いに行った。

伯母の入院している病院は古くて交通の便の悪い所にあるから、最寄り駅から結構な距離を歩かなくてはならない。

姉妹はその病院に行くのは初めてだったが、ネットである程度の情報は得ていた。

「伯母さん、もっと新しくて家から近い病院に入院すればよかったのに」

歩いて病院に向かう途中で妹さんが愚痴るとお姉さんは、

「伯母さんが前の病院からお世話になっている先生が、この病院に転勤されたそうなのよ。伯母さん、どうしてもその先生じゃないと嫌なんですって」

そんなことを話しているうちに目的の病院に着いた。

病院はなかなか大きかったが、四十年以上前に建てられただけあって、平成生まれの姉妹にはさすがに古臭く感じられた。

病院に入って受付を済ますと、姉妹は伯母さんの入院する部屋に行った。

部屋は四人部屋だったが、入り口から見て右奥の伯母さんのベッドと右手前のベッドの二人分しか使用されていない。

しかし右手前、つまり伯母の隣のベッドはカーテンで全体が覆われていて、どんな患者が使用しているのか分からなかった。

「遠くまでよく来てくれたわね」

伯母は思ったより元気そうだった。

姉妹はお見舞いの花を花瓶に生けると、隣に配慮しながら他愛のない雑談をした。

「もう、いい加減に帰らせて！」

女性の叫び声とともに、隣のベッドのカーテンの隙間から肘から先の腕が勢いよく飛び出してきた。

伯母も着ている病院の寝間着が、隣のカーテンの隙間から覗いている。

その指先には真っ赤なマニキュアを塗った爪が見えたが、突き出された肘から手先までは皺《しわ》くちゃで、カーテン内にいるのは高齢女性だと思われた。

三人は驚いたが、腕はすぐにカーテン内に引っ込んだ。

「お隣、どんな方なの？」

お姉さんが小声で訊くと伯母は首を軽く左右に振って、

「分からない。だって御挨拶どころか顔も見たことないの」

伯母は気味悪そうにカーテンに覆われたベッドを見た。

伯母の話によると一週間程前、彼女が朝起きるとベッドは既にカーテンで覆われていたという。

看護師や医師にどんな方が隣のベッドに来たのか訊ねたが、「患者様の御意向で答えられない」とのことだった。

部屋の入り口にあるネームプレートにも名前は書かれていない。

隣の御婦人(?)は日に何度もナースコールを押し、ナースを呼び出しては、あれがしたい、これがしたい、この病院はここがなってない、などとワガママばかり言っていた。

ナースが呼ばれたときは伯母さんとは逆側のカーテンを開けて対応するので、どんな女性患者なのかは見ることができない。

不思議なのがトイレも食事もしている様子がないところだ。

「栄養は点滴で、トイレは溲瓶《しびん》とかで対応できるかもしれないけど、点滴台はないし排泄《はいせつ》を介助している様子は全然ないのよ」

佐川さん姉妹は伯母の話を聞き、急に隣のカーテン内の人物が不気味に思えてきた。

「何でよりによって私の隣なのかしらねぇ。橋本先生も元気がないし」

伯母は深い溜め息を吐いた。

橋本先生というのは、伯母が前の病院でお世話になっていた医師のことだ。

しかし、明るかった橋本先生も以前に比べて随分と陰気になってしまったという。

「みんなこの病院がいけないのね。あと数日で退院だから良かったわ」

それから少し話した後、佐川姉妹は伯母さんに別れを告げ、部屋を出ようとした。

そのとき、隣の婦人がナースコールを押したのか、ナースがやってきた。

「お待たせしました、どうなさいました？」

「どうなさいましたじゃないわよ、大体ね……」

伯母は、「ほら、始まった」と呆れ顔をし、お姉さんは伯母を見て苦笑した。

しかし、妹さんだけは押し黙っていた。


「伯母さん、すぐに退院だからあの病院はもう行かないよね？」

帰り道、妹さんが俯きながらお姉さんに訊いた。

「そうね、どうして？」

「私、カーテンの中を覗き見たの。帰るときに」

妹さんが衝撃の告白をした。

「ホント！　どんな人だった？」

「今でも信じられないけど……」と、妹さんがカーテンの中を言おうとしたとき、バキッ！　バキッ！　と立て続けに二人のスマホの画面が割れた。

二人はその現象に驚愕し、目を大きく開けたまましばらく震えていた。

そして姉妹はその話題に二度と触れることはなかった。

その後、伯母は無事に退院したが、例の橋本先生は退職してしまったという。

カーテンで覆われた隣のベッドは伯母が退院する前日に、いつの間にか、もぬけのからになっていたらしい。

カーテンの中にいた人物の姿は、今でも妹さんの心に奥に眠ったままだ。

小咄　四つ

昼下がり、主婦の森田さんは、三歳になる長男がリビングにいないことに気付いた。

ベッドルームに行くと、タオルケットに包まっている長男を見つけた。

このタオルケットは長男のお気に入りなのだ。

森田さんはイタズラ心を起こし、そのタオルケットをいきなり取り去った。

ところが、そこには長男ではなく、全く知らない白人の男の子が驚いた顔をして横になっていた。

白人の子は驚いた顔のまますぐに消えた。

森田さんが慌てて長男を探すと、旦那さんの仕事部屋に座っていた。

「あの子とかくれんぼしていたの」

長男はニコニコしながら答えたという。

八森さんは女子大生時代、家庭教師のアルバイトをしていた。

教え子は聡子さんという女子高生。

正直、聡子さんは八森さんが教える必要がないくらいの優等生だったという。

聡子さんはいつも課題をあっという間に片付けてしまうので、余った時間、二人はよく勉強以外のお喋りを楽しんだという。

ある日、聡子さんの部屋に今まではなかった小さな絵が飾ってあった。

絵の内容は、狭い範囲の柵の中に芝生が生えており、柵の外には二匹の羊が寄り添うように立っているというものだった。

のほほんとした可愛いタッチで描かれた絵だったが、芝生の真ん中に赤く染まった十字架が、やや傾いて刺さっている部分だけは少し気味が悪かった。

「聡子ちゃん、この絵は？」

八森さんが訊くと聡子さんは友達から貰った物だという。

二人は勉強を始め、いつものように時間が余った。

お茶菓子を食べながらお喋りをしていると、聡子さんのスマホが鳴った。

聡子さんが電話に出ている間、八森さんは何となく部屋中を見回した。

すると先ほどの絵の様子がおかしい。

描かれていた内容が変わっている。

羊達は柵の中に入り、芝生は枯れていた。

十字架は二匹の羊を一緒に刺し貫いていた。

「先生、友達が男と一緒に自殺したんだって。あの絵をくれた子よ」

八森さんが絵の変化に驚いていると、聡子さんは淡々と語り始めた。

絵をくれた友達はクリスチャンで、通っている教会の関係者と心中したらしい。

電話はそのことを知らせるものだった。

「これは、私達」

数日前、友達は思いつめた顔で聡子さんにこの絵を渡したという。

「正直、こんな物を渡されたって困る」

聡子さんは立ち上がると変化した絵を壁から外し、無造作にゴミ箱に捨てた。

そのとき、聡子さんは少し笑っていたという。

八森さんはその後、すぐにアルバイトを辞めた。

健司さんの母親とその弟は、彼女らの実家の相続問題で長年揉めていた。

しかし、健司さんの結婚を機に何とかお互い納得のいく方面で和解した。

結婚式が終わると気が緩んだのか、母親は体調不良を訴えて入院した。

検査結果は末期がんだった。

それを知った母親は、健司さんに一つの古い鍵を渡した。

これは母親の弟が住んでいる実家にある大金庫の鍵らしい。

「私が死んでもこの鍵は弟に渡さないで」

そう言い残すと、母親は間もなくして亡くなった。

母親の葬儀が終わると母親の弟つまり叔父が、案の定、健司さんに金庫の鍵について訊いてきた。健司さんは、とぼけて知らないと答えた。

その数日後、職場にいる健司さんに妻から電話が掛かってきた。

叔父が半ば無理やり健司さんのマンションに乗り込んできて彼のデスクを漁り、母親から渡された鍵を持っていってしまったのだという。

「幾ら叔父さんでも許せない」

仕事を終えた健司さんは実家に行った。

すると、叔母が飛び出てきて健司さんに助けを求めてきた。

大金庫を開けた夫の様子がおかしいと。

大金庫は納戸にある。

健司さんが納戸に入ると、叔父が大金庫の前でうずくまっていた。

金庫の中には、墓に納骨したはずの母親の骨壺だけが入っていた。

大金庫を開けた叔父は呆けてしまい、自分では何もできなくなった。医者の診断では若年性の認知症だろうと言われた。

母親の骨壺は後日、墓に戻された。

「表面上、和解はしたけど母さんは叔父を許していなかった。これは母さんが暗い情熱で温め続けた復讐だったに違いない」

健司さんは最後にそう言って話を終えた。

＊

潮見さんは自分の子供の写真を撮ることができずに苦しんでいる。

そのせいで、離婚の危機にすらなっていた。子供の顔を撮影すると、それらは全て潮見さんが遊んだ末に捨てた昔の女達の顔になるらしい。

学習塾

工藤君が中学生の頃、通っていた学習塾があった。

男の先生が一人で経営している小さな塾で、受験向けというよりは学校の授業に遅れない程度に学ぶ、緩い感じの塾だった。

ある日、工藤君が塾で時間制限のあるミニテストにチャレンジしていた。

すると、教室の黒板の左横にあった出入り口のドアが、突然開いた。

何事かと工藤君がドアのほうを見ると、そこには彼の父親が立っていた。

工藤君のシャープペンを動かす手が完全に止まった。

父親はドアから顔だけを出すようにして、キョロキョロと教室内を見回している。

そして工藤君と目が合った。

「はい、そこまで」

先生がミニテスト終了を告げた。

一瞬、工藤君は先生のほうに目を向けたがすぐ父親に視線を戻した。

しかし、ドアは閉まっていた。

塾の帰り道、工藤君は無言だった。

それもそのはず、父親は彼が中学生になる前に亡くなっていたのだ。

家に帰っても食欲がなく母親に心配されたが、塾で父親と再会したことは黙っていた。

「ほんの一瞬のことだったから、何かの見間違いかもしれない」

工藤君はベッドに入った後も塾でのことが頭から離れず、なかなか眠れなかった。


数日後、工藤君はまた塾でミニテストに挑んでいた。

黒板左横のドアが開き、再び父親が現れた。

「やっぱりお父さんだ……」

工藤君が手を止めて驚いていると、父親はやや険しい顔をしながら大きく腕を動かし、彼に何度も手招きをする。

前回もそうだったが、先生を含め他の生徒達にはドアが開いたことも、工藤君の父親が現れたことも見えていないようで、誰もそれらについて騒いだりはしない。

父親は相変わらず顔を真っ赤にして、工藤君に全力で手招きを続けている。

「何かを伝えたいの、お父さん⁉」

父親の姿が懐かしくて多堪らず、工藤君は何度も立ち上がりかけた。

「はい、そこまで」

無慈悲にも先生がテスト終了を宣言した。

またもや父親は消えていた。

テストの回答は散々だったが、そんなことはどうでもよかった。

「もう一度、お父さんに会いたい」

工藤君は涙を堪えながら強く思った。

しかし、それは叶わなかった。

塾は一週間後に突然閉鎖された。

先生が、男子塾生に猥褻行為をしていたことが発覚し、逮捕されたのだ。

「たぶん、お父さんはヤバい塾の先生から僕のことを守りたかったんだと思う」

成人した工藤君は言う。

塾での再会以来、父親は彼の前に現れていないという。

箪笥と遺影

現在は都内で専業主婦をしている小坂さんが、二十代半ばのときに体験した話だ。

当時、ＯＬだった小坂さんはＦ県にある実家に住んでいた。

両親と兄との四人住まいだったが、彼女には大きな悩みがあった。

それは母親と兄がとても仲が悪く、絶えずケンカばかりしていることだった。

二人の不仲は、兄が大学を出たにも拘わらず、まともに就職もせずにいつまで経ってもフラフラしていることが原因だった。

「俺にはまだ可能性があるんだよ！」

それが兄の口癖だったが、たまに短期のバイトをするくらいで、後は友人達と飲み歩いているばかりだった。

そんな息子を母親は強くなじり、兄が言い返し最後は大げんかになる。

弱気でことなかれ主義の父親は一応止める素振りはするが、いつも二人の剣幕に押されてすぐに引っ込んでしまう。

結局、小坂さんがしたくもない仲裁をする羽目になるのが日常茶飯事だった。

その年の夏のある日、彼女の父親が急死した。

小坂さんに悲しんでいる暇はない、母親はオロオロするばかりだし、兄はこういうときも全く役に立たない。

様々な手続きや親族への連絡、通夜と葬儀の段取りなど、彼女がほぼ一人でやった。

ようやく葬儀を終えて落ち着いた頃、また母と兄が些細なことでケンカを始めた。

「お父さん、もうあたし知らないよ！」

小坂さんは父親の骨壺が収まった箱に向かって叫ぶと、自分の部屋に戻って寝てしまうことにした。

熱帯夜だったがクーラー嫌いの小坂さんは薄いタオルケットだけを身体に掛けて、暑さを我慢しながら床に着いた。

葬儀等の疲れもあってか暑さにも拘わらず、小坂さんはすぐに眠りに落ちた。

そしておかしな夢を見た。

彼女は火葬場に立っていた。

横には棺桶が置かれており、父親のフルネームが黒々とした文字で大きく縦に書かれていた。

棺桶は完全な長方形でなく、どちらかというと正方形に近い形だった。

そして、今正に火葬炉に送られて焼かれるところだった。

「変な棺桶、普通名前なんて書く……？　それにこれは棺桶というより箪笥みたい」

ガタッと音がしてこの奇妙な棺桶の蓋が開いた。

中から小坂さんの父親が顔を覗かせた。

「お父さん、何よ、生きていたの⁉」

驚いた小坂さんは、突然死した父親のせいでいろいろと苦労した分、素直には再会を喜べず、父親を大声で怒鳴りつけてしまった。

すると父親は蓋を閉め、棺桶ごとするっと滑るように火葬炉に入っていってしまった。

「全く、最後まで逃げるんだから」

そこで小坂さんは目が覚めた。

異常な蒸し暑さと息苦しさだった。

パジャマが汗でぐしゃぐしゃに濡れているのがとても不快だった。

目の前が完全に真っ暗闇で何一つ見えない。

驚いて起き上がろうとすると、頭や身体が何かにぶつかって身動きも取れない。

金縛りといったものではなく、何か硬い物が小坂さんの周りを覆い、彼女の動きを邪魔しているようだった。

目が覚めたら真っ暗な炎熱の空間に閉じ込められ、身動きが取れない状態になっていた。

小坂さんは完全に錯乱し何度も大声で叫び助けを呼んだ。

しかし、その叫びもむなしく兄も母親も気付いてはくれないようだった。

自分を囲っている周りの物を必死になって動かそうとしたが、まるで鉄の塊を押しているようでビクともしない。

小坂さんはしばらく叫び、暴れ回ったがやがて疲れ果てて動くのを止めた。

そして呼吸を整えているうちに少しずつ冷静さが戻ってきた。

暑苦しいのは相変わらずだったが、辛うじて動かせる両手で辺りを探っていった。

自分を覆っているのはどうやら木の板のようだった。

更にわずかに動かせる足で上下左右を蹴って周りを確認する。

そして分かったのは、小坂さんは木の板のようなもので四方八方、完全に囲まれ閉じ込められているらしかった。

さながら彼女の今の状態は、形状的に棺桶に入った遺体のようだった。

「この質感、そしてこの匂い……」

小坂さんは自分を閉じ込めている木の板に覚えがあった。

子供の頃からよく触り、嗅いだ匂い。

「お父さんの箪笥？」

小坂さんのお父さんは骨董品が趣味だった。

しかし、それは何故か日本の箪笥だけに限られた。

家には父の趣味の部屋が一室あり、そこには大小様々な古い日本の箪笥が丁寧に陳列、保管されていた。

中には結構値段の張るものもあったらしいが、父親の唯一の趣味ということで母親も大目に見ていた。

小坂さんは子供の頃、よくその部屋に忍び込んで箪笥の木目を眺めたり装飾された金具に触れたり、引き出しを開けて中を覗き、材料である桐の匂いを嗅いでいたことがあった。

気弱で優しい父親も、小坂さんや兄がその部屋に入ったときだけは怒ったという。

その箪笥がどういう訳か集まり、小坂さんを閉じ込めているというのか。

「お父さん、何か言いたいの？」

小坂さんは一か八か、囁くように言ってみた。

いつの間にか暑苦しさが消えていた。

冷たい水のようなものが何滴か小坂さんの顔に落ちてきた。

唇に触れたそれは、少ししょっぱかった。

「塩水？」

そう思った瞬間、小坂さんのすぐ目の前に父親の顔が現れた。

もちろん小坂さんは驚いたが、それよりも父の表情のほうが気になった。

申し訳なさそうに視線を下げたまま泣いている。

先ほどのしょっぱい水滴は父親の目から落ちた涙だった。

「お父さん、どうして泣いているの？」

しかし、父親は答えない。

「このコレクション、箪笥のことが気になるの？」

すると父親は顔を上げて小坂さんの目を見ると、まるで違う違うと言うように強く首を横に振った。

「もしかして母さんや兄さんのことが心配？」

すると父親は大きく首を縦に振った。

「よろしく頼む」

父親の顔は弱々しい声で小坂さんに向かってそう言うと消えた。

「いやぁ、それは父親であるあんたの役目でしょ！」

暗闇に向かって突っ込んだが、父の顔が再び現れることはなかった。

「おい、この下にいるのか？　一体何のマネだ」

唐突に外から兄の声が聞こえてきた。

「兄さん、出して、出してちょうだい！」

ゴゴゴゴッと音がすると小坂さんの目の前に光が差し込んだ。

兄が小坂さんの正面を塞いでいた箪笥をどかしてくれたのだ。

小坂さんは布団から起き上がると、緊張が吹っ切れて目の前の兄に抱きついた。

こんなことをするのは何年ぶりだろう、昔は頼もしい兄貴だったのだ。

「うわ、お前汗でぐっしょりじゃないか、汚いなぁ。それに親父の箪笥をこんなに持ち出して一体全体何をするつもりだったんだ？」

小坂さんが見ると布団の上には上下左右に一つずつ、そして先ほど兄がどけた蓋の役割をした物を含めて計五個の箪笥が置かれていた。

兄の後ろで、寝間着姿の母親が心配そうに小坂さんを見ていた。

小坂さんは少し恥ずかしそうに兄から離れた。

「この箪笥、兄さんのイタズラじゃないわよね？」

それを聞いた兄は、「そんなバカなことするか!!」と憤慨した。

そして、「俺はお前がとうとう頭がおかしくなって、こんな訳の分からんことをしたのかと思って心配したんだぞ」と続けた。

母親も小坂さんの身体のあちこちを触り、「大丈夫かい？　父さんが亡くなった上、私達がケンカばかりしているから、お前がノイローゼか何かになってしまったかと思って……」

小坂さんは、「このままだったら本当にそうなっていたかもね」という嫌みのセリフを飲み込むと、二人に先ほどまでの体験を話した。

母親と兄は俄かには信じられないという顔をしたが、小坂さんの部屋に父親の遺産である五個の重い箪笥が、彼女を閉じ込めるように置かれていたのは紛れもない事実だった。

箪笥が保管されている部屋は一階、小坂さんの部屋は二階にある。

階段を使って箪笥を短時間のうちに二階に運ぶとなると、複数の人間が必要となる。

「さっきも言った通り、お父さんは亡くなった後も二人のことを心配していたのよ、何でこんな暑苦しい伝え方で、しかも私だけにしたのかは分からないけど……」

母親と兄はポカンと口を開けていたが、小坂さんが「もういい加減にケンカはやめてよ、次は一体何が起こるか分からないんだから!!」と強く念を押すと二人は顔を見合わせた後、申し訳なさそうに頷いた。

「んっ、これは何だ?」

兄が筆筒の一つに張り付いていたメモを見つけた。

それには電話番号が書かれていた。


後日、その番号に電話をしてみると、出たのは父の古くからの友人だった。

友人は父の生前から彼の筆筒コレクションを売ってほしいと言っている人だった。

母親が許可して、その友人に筆筒を全て買い取ってもらった。

後々掛かる税金などを差し引いてもかなりの金額が小坂家に入った。

そのお金で兄はきちんとした国家資格を取るために専門学校に行くことになり、母親はボロボロだったキッチンをリフォームした。

そして小坂さんは自動車を購入した。

現金なもので、お金が入った途端に小坂さんを含め家族の関係は良好になったという。

筆筒を売却したことへのお叱りのような現象は起きなかった。

「最後の最後でお父さん、家族をまとめてくれたね。伝え方がアレだったけど」

そう笑いながら小坂さんは次の体験を話し始めた。


小坂さんの父親が亡くなってから、一年近くが過ぎた。

あれから兄はきちんと学校に通っており、母親も元気、小坂さんの仕事も順調で、平凡だが幸せな日々が続いていた。

ある初夏の休日、三人で外食に行くことになった。

最近、家の近所に新しくアウトレットモールができたので、そこのレストランコーナーを試してみたかったのだ。

車で行けばすぐに着くのだが、最近三人とも運動不足だったので、あえて歩いて行くことにした。

家から少し離れた場所にある、緩やかな山坂道の歩道を右曲がりに上っていくとそのアウトレットに行き着く。

小坂さんや兄は子供の頃、よく友達とその坂を登った。当時、まだ自然が残る山の中で遊んだものだった。

「いやぁ、この坂道、こんなにキツくて長かったっけ？」

山坂道の歩道を上り始めて最初に音を上げたのは兄だった。

「飲んでばかりいて運動しないからよ。その歳でビール腹なんじゃないの？」

そう兄をからかう小坂さんだったが、思った以上に登るのがキツい坂道に、彼女もやっぱり車で行くべきだったと額の汗を拭きながら後悔した。

「この坂道、歩いて上るなんて本当に久しぶりね。父さんが生きていた頃は車でサササッと通り過ぎていたから」

母親も汗を流していたが、以前のことをいろいろと思い出して楽しそうだった。

「そういえばさ、結構前からこの坂道に幽霊が出るんだってよ。交通事故で死んだ若い女の幽霊らしいぜ……美人なのかな？」

兄がそんな話をすると小坂さんは、「やめなさいよ、せっかくの楽しい休日なんだからそういうの」と彼のわき腹を突《つつ》いた。

「私も聞いたわ。近所のおばさん達の噂話で詳しい内容は知らないけど。女性の幽霊が坂道を上る人たちに話しかけてくるんですって」

母親も兄に続いて神妙な顔で言った。

「もう、お母さんまで……」

「あの黒い○○○をみかけませんでしたか？」

突然、坂道を登る三人の後ろから話しかける声が聞こえた。

皆が振り向くと、そこには一人の女性が立っていた。

（いつの間に私達の後ろに？）

小坂さんがそう思っていると女性はもう一度、

「黒い○○○をみかけませんでしたか？」と同じことを訊く。
○○○は誰もが知る有名な国産車の名前だった。
先ほどまで小坂さん達の前はもちろん、後ろにも誰一人この坂を登っている人間はいなかったはず。

少なくともこんな真後ろに近づかれたら、気配くらいは感じそうなものだった。

女性は若く、年の頃は恐らく十代後半、長い髪の毛の間から青白い顔が覗いており、白く濁ったうつろな目で三人を見つめていた。

この暖かい陽気に暑苦しい薄茶色のコートをしっかりと着こんでいるが、何故か靴は履いておらずストッキングのまま立っている。

小坂さん達はその様子から、一目で女性がまともではないことに気が付いた。

「何か大変な目に遭ったの？　車で家まで送っていきましょうか」

女性の状態を察した母親が、刺激しないように優しい声で話しかけた。

「家まで……」

女性はオウム返しに小さく呟き、少しだけ考えるように首を傾げたが、再び、

「黒い○○○をみかけませんでしたか？」とまた繰り返し同じことを訊いてきた。

「黒い○○○なんて見てないよ。君、大丈夫かい？　どこかケガでもしているの」

兄が不審そうに女性を見つめながら言った。

兄の言葉に反応するように、女性はわずかに身体を震わせた。

「見てない、本当に？」

女性は顔を上げて白い目で三人を睨みつけると、いきなり後退していった。

女性は三人を見つめたまま足を全く動かさず、まるで坂道を滑走するように下りていき、そのままどんどん小さくなって最後に消えた。

そんな光景を見た小坂さん達は、ほぼ同時に声を上げて驚いた。

「噂は本当だったんだな、あれ幽霊だよ、例の女幽霊！」

兄に怖がるというより、噂の幽霊を見ることができて興奮していた。

「帰ろう、あんなものを見た後ではとてもお昼ごはんどころではないよ」

母親は、恐怖で今にもその場にへたり込んでしまいそうだった。

「二人とも落ち着いて。何かの見間違いかもしれないし」

そう言って平静を装う小坂さんだったが、こちらを睨みながら後退していく女の表情が脳裏に焼き付いて震えが止まらなかった。

そのとき、坂道の上から一台のライトバンが下りてきて三人の近くに停まった。

運転席側のウインドウを下げ、初老の男が顔を出した。

そして唐突に小坂さん達に、

「あなた達、この辺りで若い女に話しかけられませんでしたか？　薄茶色いコートを着ている……」と訊いてきた。

男の話を聞いて三人は顔を見合わせた。

「ええと、たぶん見ました。薄茶色のコートを着た、二十歳前くらいの。でもその人は何というか、普通じゃありませんでした」

小坂さんが先ほど見た不気味な女の特徴や行動を思い出しながら男に話した。

「やはり……それは私の娘です」

男の言葉に三人は、「えっ？」とまた声を上げた。

「いきなりやってきた初対面の男の言うことですから、怪しまれるかもしれませんが、皆さん、私の車に乗りませんか。詳しい話をお聞かせしますよ」

男の表情は真剣そのもので、からかったり嘘を吐いているようには見えなかった。

確かにいきなりやってきた初対面の男が、いきなり車に乗れとは怪しい。

だが、この初老の男は先ほど三人が遭遇した薄茶色いコートの女のことを知っているだけではなく、自分の娘だという。

小坂さんは怖いと思う反面、女の正体を知りたいと思うようになってきた。

三人があれこれ話しながら車に乗ることに躊躇《ちゅうちょ》していると、男は一枚の写真を取り出して見せた。

写真には明るく笑う薄茶色のコートを着た女が写っていた。

「本当に、私の娘なんですよ」

男は悲しそうに言った。

写真を見て決心した小坂さんは、「分かりました、車に乗せてください。そして娘さんについて教えてください」と言い、ライトバンの後部座席に乗り込んだ。

それを見て兄と母親も仕方なく続いて乗車した。

男に三人が後部座席に乗るのを確認すると、車をゆっくりと発進させた。

「さてどこから話していいものか。とりあえず安全のためにこの坂道から離れますよ」

初老の男性は名を新藤というらしい。

坂道を上がったすぐの所に住んでいるという。

「さっきも言ってましたけど、あの女性、本当にあなたの娘さんなんですか？」

最初に兄が進藤さんに訊ねた。

その質問に進藤さんは頷き、「ええ、間違いないです」とキッパリ言った。

それを口火に、進藤さんは何故あのタイミングで坂道にやってきて三人を車に乗せたのか、そして自分の娘がどう関わっているのかを語り始めた。

要約するとこうだ。

十年以上前、この坂道でひき逃げ事故があった。

犠牲者は当時十八歳だった進藤さんの一人娘、真理子。

第一志望の大学に受かり青春の絶頂期だった彼女を、乱暴運転で坂道を下ってきた車、黒い○○○が無残にも轢《ひ》き殺した。

ほどなく、ひき逃げ犯は捕まったが愛娘の真理子は二度と帰ってこない。

それ以来、進藤さんとその妻は言いようのない絶望と悲しみに打ちひしがれながら生きていくことになった。

そんな苦しい日々を送っていたある日、仏壇に置いてある真理子の遺影が勢いよく転がり落ちたという。

遺影の写真立てや仏壇のバランスが悪い訳でもない。

「地震があった訳でもないのに」

そのときは少しおかしいと思いながらも進藤さんは遺影を元の位置に戻した。

しかしその日以来、月に一、二回、多いときは三回も四回も、遺影がまるで自分の意志を持っているかのように、仏壇から勢いよく転がり落ちるようになった。

進藤さん夫婦は不思議に思うと同時に、これは娘の真理子が何かを訴えているのではないかと考えた。

同時期、真理子さんが事故に遭った坂道で若い女の幽霊が話しかけてくるという噂が、頻繁に夫婦の耳に入るようになった。

周りからいろいろと話を聞くと、現れる女幽霊の服装や年齢、背格好が、事故当時の真理子にそっくりだった。

そして進藤さんはある法則にたどり着いた。

真理子さんの遺影が落ちた日に、女幽霊の目撃談が持ち上がってくるのだ。

「最初はタダの偶然だろうと。幽霊話も与太話だろうと。しかし、幽霊の外見が真理子に似ているというなら、確かめない訳にはいきません。それで、次に遺影が落ちた日、あの坂に車で行ってみたんですよ」

するとと坂道の横にある避難場所に、リュックを背負った若い男がうずくまっていた。車を停めて現れた進藤さんを見て、男は助けを求めるように駆け寄ってくると、「出ました、出ました、女の幽霊！」と泣き顔でわめいた。

話を聞くと、男が坂道を降りている途中にいきなりコートを着た女が現れ、彼の真横にぴったりとくっつき、地面を滑りながら「黒い〇〇〇を見ませんでしたか？」と何度も何度もしつこく訊いてきたのだという。

恐ろしくなった男は、避難場所で頭を抱えたまま動けなくなってしまったらしい。

「私達と現れ方が少し違いますね」

小坂さんの言葉に進藤さんは、「そのようですね」と答えた。

それからというのも、進藤さんは遺影が落ちるたびにすぐ車を出して坂道へと向かった。

すると十中八九、女の幽霊を見たという人に出会う。

「あの坂道を歩いて上り下りする人はあまりいませんからね。大体すぐに見つかりますよ。私の予測は間違ってなかったと確信しています」

ある人は後ろから、ある人は真横から、ある人は頭のすぐ上から、ある人は足元から。

様々な角度から突然現れるコートを着た若い女に、

「黒い〇〇〇を見ませんでしたか？」と何度も何度も訊かれる。

進藤さんは十年間、この坂道でそんな体験をした人々を沢山見てきたという。

「でもね、一番会いたい私の前には一度も姿を見せてくれないんですよ。何故なのかなぁ〜、皮肉なものですよ」

進藤さんは運転しながら自嘲気味に言った。

小坂さん達はたとえ幽霊になってしまったとしても、自分の娘に一目会いたい一心で、十年間遺影が落ちるたびにこの坂道まで車を走らせてきた進藤さんの執念に感服した。

「お嬢さん、よほど無念だったのでしょうね。あまりにも恨みが強すぎて、犯人が捕まったにも拘わらず、未だに成仏できずにさまよっているのかしら？」

小坂さんの母親は進藤さんの話を聞いて、自分自身も少し涙を流しながら言った。

「自分を轢いた黒の〇〇〇を恨んで、坂道にいる人々に今も聞き回っているということか……？」

小坂さんの兄は腕を組みながら軽く唸った。

「仏壇や真理子の墓に向かって随分と言い聞かせたんですがねぇ。辛くて悔しい気持ちは分かるが、もう犯人は捕まっているから、よそ様を怖がらせることはやめるようにと」

そんな進藤さんの悲痛な思いも、真理子さんには伝わっていないようだった。

「いつか必ず、真理子に会って私の思いを伝えますよ」

そう言って進藤さんはしばらく無言で車を走らせた後、三人をアウトレットモールで降ろしてくれた。

「いつか娘さんに会えるといいですね」

別れ際、小坂さんが進藤さんを励ますと、

「必ず会ってみせますよ、妻もそれを望んでいます」

進藤さんは笑顔で手を振り、ライトバンを発進させて去っていった。

「うちの近所でまさかあんなことが起こっていたなんて……」

小坂さんのセリフに兄と母親は、全くだと頷いた。

そして三人は無言のまま、レストランコーナーに向かった。


現在も進藤さんは遺影が倒れると車で坂道にやってくるという。

さまよい続ける自分の娘に会うために。

手提げバッグ

看護師の相馬さんは去年、家族全員で北関東のほうへ旅行に行った。

相馬さんの家族は両親と彼女と弟の四人。

一昨年までは祖母がいたが肺炎が元で亡くなった。

相馬さんは旅行から帰ると、早速スマホで撮影した写真をＳＮＳに投稿した。

友人などから沢山の「いいね」が付く中、一通のメッセージが届いた。

メッセージの送り主は、相馬さんの全く知らない人からだった。

突然のメッセージを詫びるとともに、

〈最近、御家族で年配の女性が亡くなりませんでしたか？〉

と、ちょっと不思議なことを訊いてきた。

相馬さんは少し気味が悪かったものの、最近祖母が亡くなったことを返信した。

すると、〈花畑を背景に御家族四人で写っている写真の中年女性、あなたのお母様ですか？　その方が腕に提げているバッグが気になったもので〉という返信がきた。

「母のバッグが気になるとはどういうこと？」

そう思いながら、相馬さんが指摘された写真の母親が持つバッグをよく見てみると、声を上げて驚いた。

「これ、おばあちゃんのバッグだ!?」

写真内の母親はいつものお気に入りブランドのバッグではなく、生前祖母が愛用していた手提げバッグを腕から提げていた。

恐らく祖母が生きていれば、今回の旅行でも愛用の手提げバッグを持っていっただろう。

だが、その手提げバッグは祖母の棺桶に入れて一緒に燃やされたはずだった。

「おばあちゃんも私達と旅行に行きたかったのかな……」

相馬さんは写真を指摘してくれた人にお礼のメッセージとともに、どうして祖母の手提げバッグのことが分かったのか質問してみた。

しかし返信はなく、後日そのアカウント自体が消えていた。

キミコ姉ちゃん

辰巳君が二十歳になった直後、彼の母方の祖母が亡くなった。

「やっぱり、キミコ姉ちゃんは来なかったね」

葬儀が滞りなく終わり、祖母の遺体も茶毘《だび》に付され骨壺に収まった後、辰巳君は自分の両親に言った。

両親はそれを聞き、やや動揺したように顔を見合わせた後に頷いた。

キミコ姉ちゃんという女性は辰巳君が生まれる前から、祖母の経営するパン屋で働いていた女性のことだった。

いつもハキハキとした態度の明るい女性で、物凄く働き者。祖母は自分の娘のように可愛がっていた。

辰巳君の母親とも年齢が近いせいか仲が良く、よく二人で遊びに行ったらしい。

辰巳君自身も幼い頃から誕生日やクリスマスにプレゼントを貰ったり、手作りのケーキをごちそうになったりしていたので、キミコ姉ちゃんのことが大好きだった。

しかしキミコ姉ちゃんは辰巳君が十歳くらいのときに突然、祖母のパン屋を辞め、独自にビジネスを始めた。

ビジネスの内容は詳しくは分からないが、運よくすぐに軌道に乗ったらしく、当時のキミコ姉ちゃんは羽振りが良かった。

彼女は突然、高級車に乗って颯爽《さっそう》と皆の前に現れ、その身は当時流行のブランド物の服やバッグで包まれていた。

ビジネスのためか頻繁に海外旅行に行っては、辰巳君の祖母や両親にお土産を買ってくるし、彼自身にもよく小遣いをくれた。

「キミちゃん、仕事がうまくいっているみたいだけどあんな調子で大丈夫かしらねぇ」

生活や行動が派手になっていくキミコ姉ちゃんを見て、祖母は随分と心配していた。

辰巳君も小遣いは嬉しいが、ケーキを作ってくれる昔の姉ちゃんのほうが好きだった。

そして辰巳君が高校に進学する頃、キミコ姉ちゃんは何故かパタリと皆の前に姿を現さなくなった。

辰巳君が姉ちゃんはどうなったのか訊いても、どういう訳かその当時、両親や祖母はうまくごまかして何も教えてくれなかった。

「あなたも成人したことだし、おばあちゃんも亡くなったから、そろそろきちんと話したほうがいいわね、キミコさんのことを……」

辰巳君の母親は改まった態度で衝撃的なことを言った。

「キミコさんね、自殺したのよ。あなたが中学校を卒業するくらいのときに。好調だった仕事が急に立ち行かなくなって、沢山の借金を抱えた末にね」

「自殺だって⁉　ウソだろ」

あの快活で生命力にみなぎっていたキミコ姉ちゃんが自ら命を絶ったなど、辰巳君はすぐに信じることができなかった。

幼い頃からのキミコ姉ちゃんとの楽しい思い出が頭を駆け巡り、辰巳君の目に自然と涙が溢れ出てきた。

「悲しいけど本当よ、今まで黙っていてごめんなさい。でも、その後もいろいろとあったのよ。ただ詳しいことは少し待って、ある人にお話しして頂くわ」

「ある人？」

辰巳君が疑問に思いながら数日が過ぎ、日曜日に母の言うある人が家にやってきた。

ある人とは、母方のお寺の若住職だった。

昔から祖母とお寺に行っていた辰巳君もよく知っている優しくて博識なお坊さんで、彼に幼い頃から若住職のことを『先生』と親しみを込めて呼んでいた。

「久しぶりだね、辰巳君。おばあさんは残念だったね」

先生は少し寂しそうに微笑んだ後、合掌しながら辰巳君に頭を下げた。

先生はここしばらくの間、外国に行って勉強をしていたらしく、古くから知っている辰巳君のおばあちゃんの葬儀等には出ることができなかったそうだ。

そして先生はキミコ姉ちゃんのこともよく知っていた。

「キミコ姉ちゃんのことを、先生が教えてくれるというのは何故？」

辰巳君は先生を自分の部屋に通すと、早速疑問をぶつけてみた。

「まあ、慌てずに。これからそれを詳しく話すよ」

母親が辰巳君の部屋にお茶とお菓子を持ってきた。

そして、「よろしくお願いします」と頭を下げると母親は去っていった。

「さて、どこから話そうかな。まずはキミコさんが亡くなったときのことにしようか」

先生は神妙な顔つきで話し始めた。

「キミコさんはおばあさんのパン屋を辞めた後、以前からやりたかった輸入関係の会社を自分で始めた。幸か不幸かこれがすぐに大当たりしてね、トントン拍子に事が運んだ。その後、彼女が随分と羽振りが良くなったのは辰巳君も知っているね」

先生は、「幸か不幸か」の部分を強調して言った。

そして起業して五年ほど経ったとき、キミコ姉ちゃんは賭けに出たのだという。

会社を更に大きくするために、大金を叩いて新たな部門を設立したのだ。

しかし、この賭けは失敗に終わった。

新たな部門は最初から赤字続きで、会社経営に大きな負担と打撃を与えた。

キミコ姉ちゃんはすぐにその部門を廃止したが、会社には大きな借金が残った。

短い期間でその借金を返済しないと、会社が潰れるところまで追い詰められた。

「ところで辰巳君はうちのお寺の本堂、その内陣正面の左右と上方に立派な垂れ幕が飾られているのを覚えているかな？」

話の途中で先生が唐突に訊いてきたので辰巳君は、うんと答えた。

数年前から内陣、つまり本尊が安置され僧侶が座る場所——を覆うように左右と上方に三枚の紺色の垂れ幕が掛かり、それぞれに銀糸で縫い描かれた立派な龍が鎮座していた。

辰巳君は子供ながらに、その銀糸で描かれた龍の迫力と絢爛《けんらん》さに感心していたものだ。

「あの立派な龍の垂れ幕は、先日お亡くなりになった君のおばあさんがお寺に寄贈してくれた物なんだよ」

そう言って先生はまた合掌して辰巳君に頭を下げた。

「そうだったんですか？　おばあちゃん凄いな」

辰巳君はキミコ姉ちゃんの死に続き、また新たな事実を知って驚いた。

先生の話によると、その垂れ幕とキミコ姉ちゃんの死が関係しているのだという。

キミコ姉ちゃんは会社がピンチだったとき、恥を忍んで祖母からお金を借りようとした。

もう、お姉ちゃんの会社にお金を貸してくれる所は他になかったのだ。

しかし、そう思った直後に祖母はお寺に垂れ幕を寄贈した。

具体的な値段は言えないが、垂れ幕はかなり高価な物だったらしい。

祖母とは親子のような間柄だったとはいえ、さすがに高額の垂れ幕を寄贈した直後に、更にお金を借りるのはキミコ姉ちゃんにとって心苦しかったようだ。

そして、キミコ姉ちゃんはその数日後に自ら命を絶った。

「キミコさんは、あまりにも真面目で責任感が強すぎたのです。プライドもあったでしょうが、命を捨てるくらいなら破産でも何でもして再出発すればよかったのです」

先生はやや感情的な口調で言うと、無念そうに頭を垂れた。

「僕もそう思います」

辰巳君もそう言ったが、気が強くて負けず嫌いのキミコ姉ちゃんは自分の敗北を認めたくなかったのだろうとも思った。

自身の家族や親しい親族のいなかったキミコ姉ちゃんの葬儀は、先生のお寺で辰巳君の家族のみが立ち会ってひっそりと行われた。

その当時、キミコ姉ちゃんが大好きだった辰巳君にはショックが強いだろうということで、彼には彼女の死や葬儀のことは内緒にされていたという。

「お姉ちゃんは五年も前に亡くなっていたんですね。全く知らなかった……」

辰巳君が目にうっすらと涙を浮かべると、先生は優しく頷いた。

だが先生はすぐに厳しい表情を浮かべて言った。

「辰巳君、これから話すことはもしかしたら信じられないかもしれない。というか信じられないのが当たり前か。でも僕は誓って嘘は吐かない。キミコさんの思いをきちんと君に伝えないといけないからね」

辰巳君は先生の真剣な様子に対して、緊張した面持ちで頷いた。


キミコ姉ちゃんの葬儀が終わった後、しばらくするとお寺に来た檀家の人々から妙な話が持ち上がるようになったという。

寺の本堂前に、顔色の悪い黒いスーツ姿の女性が立っている。

その女性が突然、本堂に向かって走り出し、そのまま正面大扉にぶつかって消える。

それを何度も繰り返している、と。

「父も私もそのスーツ姿の女性がキミコさんだと分かった。もちろん最初は信じられなかった。彼女の葬儀のとき、僕も父も安らかに成仏してもらうよう、念入りに御供養させてもらったから」

喉が渇いたらしい先生はそこで一旦、お茶を飲んで額の汗をハンカチで拭った。

「しかし、毎日のように檀家さんや近所の人々から訴えがあったからね。何とかしなければいけないと、あのときは焦ったよ」

困った住職と先生は相談の末、キミコ姉ちゃんの話を直接訊くことにしたらしい。

「今でこそ言うけど、僕は霊魂の存在には懐疑的だった。もちろん故人には敬意を払うし、一生懸命にお経を唱えさせてもらうよ。そして日頃のお勤めでも、遺族の心が少しでも和らぐように全力を注ぐ。それでも、父がキミコさんを本堂に呼んで話を訊いてみろと真顔で言ったときは驚いた。全く初めての試みだったからね」

先生は苦笑いをしながら話を続けた。

覚悟を決めた先生は数日後の夜、本堂にキミコ姉ちゃんを呼ぶことになった。

先生は夜中に本堂に一人座り、本尊の前にキミコ姉ちゃんの写真を置いて、線香を焚きながらお経を唱えた。

同時に、ひたすらキミコ姉ちゃんに来てくれるようお願いしたという。

だが、そのような試みは初めてだったので、集中するのが大変だった。

読経を始めて一時間程経ったときのことだった。

「やはり、こんなことをしても無駄なことなのでは……」

元々、霊魂の存在に懐疑的だった先生がそう思った瞬間、先生の頭の中に突然、女性の全身像が浮かんだ。

ショートカットで、黒いリクルートスーツを着た細身の女性。

女性は少しうなだれ、怠《だる》そうに肩を下げて立っている。

「キミコさんだ……本当に来てくれた！」

それは想像や夢といったものではなく、とても鮮明な映像を見ている感覚、頭の中にまるで大きなテレビがあるかのような不思議な状態だった。

先生はこのとき、怖くなって逃げ出したかったらしい。

映像のキミコ姉ちゃんも、先生のことをしっかりと見つめていたからだ。

やつれた青白い顔で上目遣いに、何かを強く訴えるかのように。

その姿に以前の溌剌《はつらつ》としたビジネスウーマンの面影はなく、哀れにすら見えた。

「きっと、キミコさんも苦しいのだ」

キミコ姉ちゃんの様子を見た先生は自分に喝を入れ、読経をやめないよう数珠を握る手に力を込めた。

キミコ姉ちゃんはゆっくりとふらつきながら、本堂の大扉前までやってきた。

しかし、彼女はためらっている様子で止まったまま動かなくなった。

「安心して入ってきてください、仏様はどなたも救ってくださいますよ」

先生は読経を続けながら、頭の中に映るキミコ姉ちゃんに優しく話しかけた。

頭の中から、キミコ姉ちゃんの姿が消えた。

ドンッと背中を強く押されたような衝撃が走り先生は思わず、読経を中断して後ろを振り向いた。

先生が座っている場所から三メートルほど離れた場所にキミコ姉ちゃんは立っていた。

しかし先ほどまでの外見と違い、手足はおかしな方向に曲がり、頭の左側は潰れて眼球はなく、髪の毛と血がガサガサに乾いて入り混じった状態だった。

キミコ姉ちゃんは飛び降り自殺をしたのだ。

先生はキミコ姉ちゃんの恐ろしく変わり果てた姿に大きく動揺したが、「キミコさん、ですね……。よく来てくれました」と、どうにか平静を保ちながら言った。

だが、先生が話しかけてもキミコ姉ちゃんは何も答えず、内陣前に立ち尽くしていた。

そして内陣の柱を飾る垂れ幕を恨めしそうにジッと眺めている。

「それはあなたが生前、自分の母親のように慕っていたおばあさまから寄贈して頂いたものです。つい、最近のことですよ」

それを聞いてキミコ姉ちゃんはビクッと身体を震わせた。

「これさえ、なければ。こんな物、寄贈しなければ。お金が！　私の会社は!!」

先生の頭に直接、キミコ姉ちゃんの言葉がこだまする。

同時にキミコ姉ちゃんの生前の姿が、再びテレビ映像のように先生の頭に流れていく。

キミコ姉ちゃんが夜遅くまでデスクに向かって仕事をしている姿、真夏の暑い最中に何軒も外回りをする姿、クライアントに一生懸命に頭を下げる姿、事業に失敗して大きな借金を抱え、床に座り込んで悲観する姿。

「こんな物さえなければ、私の会社にお金を貸してもらえた!!」

キミコ姉ちゃんはグニャグニャに曲がってしまった指先で、寄贈された垂れ幕をまるで引き千切るような勢いで強く握りしめた。

そのとき、先生は悟った。

おばあさまがこの高額な垂れ幕を寄贈しなければ、キミコさんはスムーズに借金を申し込むことができた、だから死後もこの垂れ幕の存在を恨んで本堂の前に現れたのだと。

ビリッ！　という音が本堂に響き渡った。

キミコ姉ちゃんが垂れ幕を真ん中から破ってしまったのだ。

分厚い丈夫な生地で作られた垂れ幕を片手で破るなど、もはや物の怪ではないか。

先生は再び数珠を強く握りしめると、読経を始めた。

そしてキミコ姉ちゃんをしっかり見つめながら、心の中で彼女に訴えかけた。

「キミコさん、その垂れ幕を恨んではいけない。おばあさまを恨んではいけない。誰も恨んではいけない。そうしなければ生前、頑張ったあなたの努力が全て無意味になる」

先生は必死にキミコ姉ちゃんを宥め、同情し、理解を示した。

「皆さんがあなたの安らかな成仏を願っている。その思いを無視してはいけない」

読経をしながらしばらくキミコ姉ちゃんを説得していると、また先生の頭の中に彼女の生前の姿が流れ始めた。

パン工場で一生懸命に働く姿、おばあさんや辰巳君の母親とショッピングをする姿、辰巳君に手作りケーキをプレゼントする姿、会社を立ち上げてスタッフ達と万歳する姿、布団の横で、幼かった辰巳君を団扇で煽ぎながら寝かせつける姿。

どれも優しくて素敵な笑顔をしたキミコ姉ちゃんだったという。

どれくらい時間が経っただろうか、先生の体力が限界に来ていたときだった。

先生は肩をポンと叩かれた。

顔を上げると目の前にキミコ姉ちゃんがいた。

キミコ姉ちゃんは両手に自分の破いた垂れ幕を持っていて、それを先生に渡した。

姉ちゃんの顔は、生前の潑溂とした明るい女性の笑顔に戻っていた。

何よりも本尊と僧侶の鎮座する内陣に自ら入ってきたということは、彼女にはもう恨みや未練がないことを物語っていた。

「分かって頂けましたか？」

先生が言うと、キミコ姉ちゃんは一歩下がって頭を深々と下げた。

そしてゆっくりと消えていった。

笑顔のまま。

その姿を見て先生は全身の緊張が抜け、座ったまま前のめりに倒れ込んだ。

「よもや、生きている間に本物の幽霊と対峙する羽目になるとは……」

先生は垂れ幕を握りしめたまま、極度の疲労のためその場で寝てしまったという。

先生に話を終えるとまたお茶を飲んで、「ああ、とても信じられないだろうけれど……」と言いかけた。が、辰巳君はそれを遮《さえぎ》って「信じます！」と強い口調で言った。

「僕が小さい頃、キミコ姉ちゃんが夏の夜に子守唄を唄いながら団扇で煽いでくれたのをよく覚えていますよ」

辰巳君は生前のキミコ姉ちゃんのことを思い出して、沢山の涙が流れてきた。

「もう一度、キミコ姉ちゃんに会いたいです……」

大泣きする辰巳君の頭を先生は優しく撫でて、

「今度、本堂に来るといいよ」と言ってくれた。


数日後、辰巳君はお寺に行き、先生に本堂に連れていってもらった。

そしてキミコ姉ちゃんが破いた垂れ幕を見せてもらった。

祖母の葬儀のときは気が付かなかったが、よく見るとそれには修繕した跡があった。

銀糸で編まれた昇り龍が真っ二つになっていたのだ。

確かに人間業ではない。

これをキミコ姉ちゃんがやったのかと思うと、辰巳君は身体の震えが止まらなかった。

「恨みの力は怖くて強い。人を、何かを恨んではいけないよ。恨んでも何も生まない。その先にあるのは破滅だけだよ。自分も周りも」

先生は辰巳君に真剣にそう言った後、急に口で手を押さえて笑い出した。

「先生、どうしたのですか？」

辰巳君が呆気《あっけ》に取られていると、先生は笑いながら話した。

「いや今、人を恨んではいけないなんて偉そうなことを言ったけど、父のことは今でも許せないよ」

先生の話によると、キミコ姉ちゃんとの対話が終わった後、彼に対話を行うように命じた住職はこう言ったのだという。

「いやぁ、まさか本当にキミコさんの霊が現れ、加えて彼女を説得できるなどとは思わなかった。本当に幽霊は存在したのだな～」と。

「人を恨んではいけないと言いましたが、正直、父のことは今でも恨んでいます。修業が足りませんね」

先生は最後に、にっこり笑ってそう言った。

神社

私と同じ専門学校で別の科に通っていた東平君が、高校生のときに学校の屋上で不思議なモノに遭遇したという。

彼の出身校である高校は、勉強はもちろん校則も厳しいことで有名な進学校だった。

聞けば恐ろしく理不尽な校則もあるのだが、親がそれを望んで子供を入学させているので殆ど問題になることはない。

可愛そうなのは生徒達で、毎日納得のいかない校則に縛られながら学園生活を送らなければならない。

東平君もその一人だった。

彼自身、頭は良かったが、元々集団生活が苦手な上にかなりのマイペース、加えて少々天邪鬼《あまのじゃく》なところもあるから、そのせいで昔から周囲に迷惑を掛ける子供だったという。

幸か不幸か成績が良かったせいと親の強い希望で、この高校に入学してしまった。

親としては、厳しい校則や怖い先生の元でスパルタ教育を受け、自由方便でやや捻くれた彼の性格を矯正してもらいたかったようだ。

その高校の最も理不尽なルールは連帯責任だった。

クラスの一人が遅刻や無断欠席をしたり、テストで赤点を取ったりすると他の生徒達もペナルティを受ける。

東平君は赤点は取らないが遅刻の大常習犯だったので、彼のせいでいつもクラスメート達は迷惑を被っていた。

また東平君はそれ以外の校則もわざと破ることがあるので、教員達からは絶えず目を付けられていた。

東平君はいじめられることはなかったものの、完全に学校中から厄介者扱いだった。

当時、若いくせに人生がいろいろとめんどくさいと思っていた彼の口癖は、

「早く死にてぇなぁ」だった。


ある日、東平君はまた遅刻をした。

放課後に両親を呼び出され、教師達から長々と説教をされた。

母親は泣き、父親は何度も東平君を小突いた。

「あーもう、死のう」

東平君はこのとき、決心した。

次の日、彼は学校に行ったが教室には入らなかった。

どうせ死ぬのなら嫌いな学校で死んでやる、しかもすぐに死体が見つからない場所で自殺して両親や教師達により大きな不安と打撃を与えてやるのだ、と。

東平君は以前から立ち入るのが禁止されている学校の屋上に行きたかった。

屋上は鎖と錠前まで使って厳重に施錠されていたので、普通には入ることはできない。

あそこに何とか侵入して自殺すれば、死体はすぐには見つからないかもしれない。

東平君が向かうと、その日に限って何故か屋上の扉は開いていた。

扉の前にはいつも取っ手に絡みついている鎖と錠前が落ちていた。

「幸先が良いじゃないか」

自殺するのに幸先も何もないが、彼は喜んで扉を開けた。

そして、「何だアレは?」と口を大きく開けて驚いた。

屋上の真ん中に神社があった。

扉から神社まではきちんと石畳の参道が続き、お社の前には鳥居も建っていた。

逆にこの屋上にはそれ以外の設備や建物はなかった。

「面白い。この学校に入学して初めて面白いと感じたぜ」

屋上で意外な物を発見して、東平君はワクワク感が止まらなかった。

彼はズカズカと神社に近づいていき、それを珍しそうに見回した。

お社だけでなく鳥居や参道も定期的に清掃されているらしく、とても綺麗だった。

「お邪魔しま〜す」

恐れ知らずの東平君は、お社の両開きの扉を開けると中に入った。

中には木製の刀を掛ける台に、大小二本の太刀が飾られていた。

太刀も掛け台も清掃が行き届いているのか、ホコリ一つ付いていない。

「うわ、これ本物かよ。この学校の神様はカタナなのか？」

東平君は小太刀のほうを手に取ると、鞘《さや》から抜いた。

その瞬間、東平君の頭の中に断末魔のような、けたたましい叫び声が響いて、危うく小太刀を落としそうになった。

「何だよ、驚かせやがって……」

彼は気を取り直し、改めて小太刀を観察した。

薄暗いお社の中でも、白銀に輝く刀身は東平君を魅了した。

「昔のサムライって凄いよな。みんなこれで切腹していたんだから」

無茶苦茶なことを言う彼だったが、やっと自分は屋上に自殺をしに来たということを思い出した。

そして、肝心な自殺する方法を考えていなかったことにも気が付いた。

「いや～、これで腹を切るなんて絶対に無理だ！」

東平君は小太刀を鞘に収めて掛け台に戻した。

そのとき、いつの間にかお社の奥に自分以外の誰かがいることに気が付いた。

それは東平君の前に、のそりのそりとゆっくり近づいてきた。

現れたのは全裸の男。

男の頭髪はなかったが、口周りと顎から耳の前までモジャモジャに伸びた髭をたくわえ、まん丸の大きな目を持ち、への字に曲がった口をしていた。

沢山の髭のせいで年齢は分かりにくかったが、恐らく四十～五十代だろう。

髭の全裸男は足ではなく、両腕のみを使って移動していた。

何故かと言うと、男の胸から上と両腕は筋骨隆々だったが、逆に腹から下は全く発達していないようにフニャフニャで貧弱だった。

更に足は赤ん坊のように小さくて頼りないので、それで歩行することが不可能だと目に見えて分かる。

股の真ん中には、髭面のイカツイ顔にはふさわしくない、無毛の可愛らしい男性器がぶら下がっていた。

突然、目の前に現れた男の奇怪千万な容姿に東平君は完全に思考停止し、金縛りにあったかのようにその場で硬直してしまった。

「何だよコイツ、キモイってレベルじゃないぞ……」

髭男は指一本動かせない東平君の前に、無表情のまま両手で立った。

そして髭男は先ほどの小太刀を掛け台から取ると片手で振って鞘を落とし、何の躊躇もなく東平君の腹を刺した。

東平君の腹部に言葉ではとても言い表せないほどの激痛が走り、彼は苦悶の表情のままその場で膝を突いた。

東平君がそんな状態になっても、髭男は容赦なく刺さったままの小太刀をぐりぐりと回して彼の腹の中をかき回す。

「があああ、ご、ごめ、ごめんなさい。しません、自殺なんて、しません!!」

何度か死んでもおかしくないような激痛の中で、東平君は自分でもどうしてそんなことを言ったのか分からないが、髭男に自殺のことを告白し、謝った。

すると髭男は小太刀をスッと引いた。

「はこっ」

腹部の痛みが消えた東平君は情けない声を出して、その場に崩れ落ちるように倒れた。

そんな彼を髭男は相変わらず無表情のまま見下ろしていた。

「こんなに痛いのなら、もう死ぬなんて言いません……」

痛みが引いたはずの腹部を両手で押さえながら東平君は髭男に言った。

すると髭男は、うむっと軽く頷いた。

横たわったままの東平君は意識が薄れていく中、自分の背後から幾つもの足音が向かってくるのを聞いた。

「一体、どうなさいました？」

「とんだ御無礼を！」

「どうかお許しください」

どうやら皆、髭男に謝っているようで、その中に自分の担任教師らしき声が交じっていた。

それを聞いて東平君は何故か勝ち誇った気分になり、そのまま気を失ったという。

その後、東平君は保健室で目を覚ました。

慌てて自分の腹を確認すると、髭男に刺された部分に赤い傷痕が付いていていた。

「あれは夢じゃなかったんだな……」

「大丈夫かな？　君は朝、教室前の廊下で気を失っていたんだよ」

養護の先生は優しく声を掛けてくれたが、言っていることはでたらめだった。

東平君は屋上での出来事を話したが、養護の先生は笑顔でうんうんと頷くだけで、何も答えてはくれない。

昼頃になって保健室を出ると廊下で担任教師が待っていた。

いつもは東平君に厳しい担任も、その日は気持ち悪いくらい優しく、

「今日はもう帰りなさい。ゆっくり休むように」と彼を見送ってくれた。

家に帰ると、学校から事情を聞かされていたらしい母親は、何も言わずに迎えてくれた。

夜、仕事から帰ってきた父親は、東平君に頭を下げて謝り、

「これからは、お前の好きなようにしなさい」とだけ言って部屋から去っていった。

「皆、突然どうしたっていうんだよ？」

東平君が頭を捻ると髭男に刺された腹部の傷がうずいた。

それからというもの、両親も教師も以前に比べて態度や言動が大分緩くなった。

特に教師達に東平君だけでなく、他の生徒達に対しても以前ほど厳しくはなくなったという。

そうなると天邪鬼な東平君もわざわざ反抗する張り合いがない。

東平君は遅刻や校則破りもしなくなり、教師達から怒られることもなくなった。

そのまま素直に親の望む名門大学に上がり、きちんと卒業はしたが就職はせずに現在の専門学校で、ある資格取得のために勉強をしている。

現在、そんな充実した生活を送っていても、未だに東平君は以前からの癖で唐突に「死にてぇな」と思うことがあるという。

しかし、そのたびにあの髭男に刺された腹の傷が軽く痛むので思い直す。

「学校の屋上の神社はまだあるの？」と東平君に訊いてみた。

すると彼は、「後輩の話では今、屋上は休み時間に自由に入って遊んでもＯＫなんだってさ。俺が見た神社は影も形もないそうだよ」と答えた。

浜辺

光君は小学生の頃、家族で海辺にある宿に泊まった。

その夜、光君は昼間に沢山海で泳いだにも拘わらず、初めて体験するお泊まり旅行に興奮してなかなか眠れなかった。

明け方になっても目が冴えていたので、他の家族がまだ寝ている中、一人起きて窓を開け、少し離れた所にある薄暗い海を見ていた。

静かに行き来を繰り返す波を見ていると、砂浜に女性が一人で歩いているのに気がついた。

ワンピースを着た女性はしばらく砂浜を歩いていたが、突然消えた。

そして少し経つと、数メートル離れた場所に再び現れて歩き始めた。

光君は女性をずっと観察していた。

女性は数メートル歩くと突然消え、少し経つと数メートル先に現れて歩き始め、また消える。

それを何度も繰り返していた。

ワンピースの女性が歩いた後の砂浜に足跡は残らなかった。

光君はその光景を不思議に思ってみていたが、何故か怖くなかった。
しばらく眺めていると、女性は消えたまま現れなくなった。
いい加減眠くなった光君は、窓を閉めて自分の布団に戻ろうとした。
布団の上に砂浜にいたワンピースの女性が立っていた。
女性は光君ではなく、彼の隣の布団にいる弟を見下ろしていた。
光君が恐ろしくて硬直していると、女性が彼のほうを向いた。
顔全体の肌がふやけていて、表情はよく分からなかったという。
寝ていた弟が、「うーんっ」と大きな声で唸り、それと同時に女性は消えた。

翌朝、光君の弟が高熱を出して旅行は途中で中止になってしまった。

花火

「ヒロのヤツ、ずっと前から今日の夜八時に集合だって言ったのによ。相変わらず時間にルーズだな」

　気の短いテッペイが時計を見ながら言った。

「そういえばヒロのヤツ、ここ数日、連絡がないよな。それよりホッタ、花火を持ってきてくれたか？」

　クラスで一番背の高いカズが、ニヤニヤしながら堀田君に聞いてきた。

「ああ、たっぷり持ってきた」

　そう言って堀田君は、沢山の花火が詰まったビニール袋を二人に突き出した。

　テッペイ、カズ、堀田君らは高校の友達だった。

　本当はもう一人、ヒロという格闘技少年もいたが、彼は遅刻の常習犯だった。

　ちょい悪ガキの彼らは夏休み中、小遣いを出し合って花火を買い、公園で派手に鳴らしてやろうと企んでいた。

　この公園の敷地は広いが花火が禁止されているので、近所の人や警察に注意されたら皆ですぐに逃げる手はずになっていた。

ルール違反ではあるが、凶悪犯罪というほどではない程度のイタズラだ。

カズはちゃんと消火用に水を入れたペットボトルも用意していた。

高校一年の彼らにとっては、この試みは刺激的な度胸試しのつもりだったのだ。

「よし、どんどん派手に鳴らしていこうぜ」

テッペイは堀田君から袋を受け取ると、中に手を突っ込んで幾つもの花火を一遍に取り出した。

彼らの購入した花火類はロケット花火やネズミ花火、噴き上げ式や打ち上げ花火など見た目のインパクトが強く大きな音を立てるものばかり。

可愛らしい線香花火などは一本もない。

テッペイとカズは、ライターで次々と花火に着火していく。

公園内にロケット花火が派手な音とともに飛び交い、噴き上げ式花火はきらびやかな火花の柱を作り上げる。

打ち上げ花火は、はるか上空で広がって堀田君達を照らし、幾つも同時に着火したネズミ花火は回転しながら彼らを追いかけた。

三人とも大はしゃぎしながら花火を楽しんだ。

堀田君が一番大きい噴き上げ式花火に火を点けたとき、三人の近くにいつの間にかホームレスらしき汚い身なりの中年男性が立っていた。

男性は派手に噴き上げる火柱をしばらく眺めた後、今度は堀田君の顔を鋭い目付きでジロジロと見回した。

「おじさん、何か用なの？」

テッペイが面白がって男性をからかうように言った。

しかし、それを無視して男性はひたすら堀田君の顔を見ている。

「ホッタ、ちょっと相手してやれよ」

カズはボクシングのように胸元で両拳を構えた。

ジロジロ見られていい気分のしなかった堀田君は、ちょっと驚かしてやろうと格闘技を習っているカズに教えてもらった右ストレートを男性の顔面すれすれに放った。

しかし、男性は目を見開いたまま微動だにしない。

逆に堀田君を睨みつけると、「お前じゃねえ」と言ってその場から踵《きびす》を返した。

バカにされたと思った堀田君が男性を怒鳴りつけてやろうとしたとき、

「君達、ここは花火禁止だぞ！」

と公園外から二人の警察官が駆け寄ってきた。

「やべえ」

三人の悪ガキ達は皆、大慌てでバラバラの方向に散って逃げた。

残りの花火はもったいないが、学校に連絡されるよりマシだ。

堀田君は公園の北側の出口を目指した。

そして、出入り口前にある自転車侵入防止の柵を勢いよく跳び越えて、そのまま全速力で家に向かうはずだった。

「え?」

堀田君はまた公園内に立っていた。

「ヒロのヤツ、八時に集合だって言ったのに。相変わらずルーズだな」

違う方向に逃げたはずのテッペイが目の前にいて、聞いたことのあるセリフを言った。

「そういえばヒロのヤツ、ここ数日、連絡がないよな。それよりホッタ、花火を持ってきてくれたか?」

同じく逃げたはずのカズがニヤニヤしながら、先ほどと同じことを訊いてきた。

堀田君の手には、二人の警察官から逃げた際に放置したはずの、花火のぎっしり詰まった袋が握られていた。

「ああ、たっぷり持ってきた」

三人の悪ガキは計画通り、皆で小遣いを出し合って買った花火で遊び始めた。

堀田君は遊んでいる最中、何やら頭の中にずっと違和感を抱いていた。

一通り花火を楽しんだ後、堀田君は一番大きな噴き上げ式花火に火を点けた。

花火が派手な火柱を上げていると、いつの間にかホームレスらしき身なりの汚い中年男性が三人の近くに立っていた。

そして堀田君の顔を鋭い目付きでジロジロ見る。

男性を見て堀田君は、「間違いない、さっきの男と同じだ」と頭の中で呟いた。

「おじさん、何か用なの？」

「ホッタ、ちょっと相手してやれよ」

テッペイとカズがそれぞれ勝手なことを言う。

「確か、こんな感じだったよな」

堀田君は操られるように男性に右ストレートを放つ。

しかし、拳の先に男性は立っていなかった。

代わりに、十メートルほど離れた所で木からぶら下がる男の姿が見えた。

園内の外灯に照らされた男は、先ほどまで堀田君の顔をジロジロと見回していた男性と同じ服を着ている。

明らかに首吊り自殺だった。

「あれ、ヤバいんじゃないのか……」

堀田君が青ざめながら拳を指さしに変えた。

テッペイとカズも、首を吊った男性の存在に気が付いた。

だが二人は怖がるどころか、「マジ、本物の首吊り？　すげえじゃん」などど不謹慎なことを言いながら面白がって木に近づいていった。

男性が首を吊っていた木は公園の薄暗い隅っこにあり、他の木に隠れるように生えていたこともあって、日中、死体は発見されなかったのだろう。

それが夜の外灯に照らされて、逆にはっきり見えるようになったのだ。

「やめておけよ」

二人を追いかけていった堀田君は、首を吊った男性の顔を見てしまった。

ボコボコに殴られて酷く腫れ上がったような顔だったが、先ほどまで自分の顔をジロジロと見ていた男性に間違いなかった。

「君達、何をしている⁉」

そのとき、二人の警察官が公園外からやってきた。

「やべえ」

三人は大慌てで別々の方向に逃げ出した。

堀田君は北側の出口から外に出た。

そして今度は無事、家に帰ることができた。

だが、その日のうちに堀田君の家に警察がやってきて、公園の首吊り死体について事情聴取をされた。

堀田君の両親がびっくりする中、堀田君は公園で花火をしている最中にたまたま首吊り死体を発見しただけだと、自分でも驚くくらい淡々と話すことができた。

聴取の終盤、何故か同級生のヒロについてあれこれ訊かれた。

堀田君がヒロとはここしばらくの間、会ってもないし連絡しても返信がなかったと警察に伝えると、そこで聴取は終わった。

テッペイとカズも同じように聴取されたらしい。


夏休みが終わった後、学校で担任から公園の花火に参加するはずだったヒロが、一身上の都合で転校したと聞かされた。

だが、堀田君を含む生徒達皆はある噂を耳にしていた。

ある公園でヒロはホームレス男性を、自分の習っている格闘技の練習台にした。

ホームレス男性は、そのショックで数日後に自殺をした。

それが発覚しヒロは高校を退学、少年院送りになったらしい。

「中学時代から頭のおかしいアイツならやりかねないな」

テッペイとカズはそれで納得していた。

しかし、堀田君だけは心のモヤモヤが晴れない。

どうやら堀田君以外の二人は警官に追われて逃げた際、状況がループしたことに気が付いていない、あるいは覚えていないようだった。

一回目の花火のとき、ホームレス男性が花火に近づいてきて堀田君の顔をジロジロとなめ回すように見た後に立ち去ったことを、テッペイとカズは知らないと言った。

堀田君がそんな話をするとカズは変なヤツだなぁ、とからかった後こんなことを言った。

「まあ、ヒロとホッタは背格好や髪形までそっくりだからな。あのホームレスが間違えたとしてもおかしくないぜ」

トイレ泊

「ユーレイかどうかは分からないけど怖い体験ならしたぞ」

友人の田巻が久しぶりに自宅に遊びに来たとき、急にそんなことを言った。

田巻とは高校時代からの付き合いで、よく飲みよく笑うひょうきんな男だった。

彼は数年前の学生時代、飲み過ぎて終電を逃すと、しばしば公園の公衆トイレで夜を明かすことがあったらしい。

田巻が選んで泊まるのはいわゆる『誰でもトイレ』だった。

通常のトイレよりもスペースが広く、床に使い捨てのビニールシートを敷けば寝ることができるからだ。

タクシー代やネットカフェ代を浮かすためだという。

「ケチ臭いな、それに衛生的じゃない」

私が少し引き気味に言うと田巻は、

「いや、そういうときはもうベロンベロンに酔っているから、少々汚いくらい気にならない。タダで鍵が掛かればいいいんだよ。さすがに極寒の真冬にそれはやらないけどな」

更に田巻は額のキズを指さしながら、

「それ以前はよく公園のベンチで寝ていたんだけど、明け方に外国人っぽい男に荷物を強奪されそうになった。これは争ったときのキズだよ、やっぱり鍵が掛からないと駄目だ」

笑いながらそんな話をしていた田巻だったが、ある夜を境にトイレ泊を止めたという。

「最近は警察や警備員なんかの見回りが厳しくなったからだろ？」

私がそう指摘すると、田巻は首を横に振った。

「お前がお望みの怖い体験をしたんだ。もうあんな目に遭うのは二度とごめんだ」

田巻はそう言って自分の体験を語り始めた。


それは田巻が大学三年生の春に体験した出来事だった。

サークルの新人歓迎会で調子に乗って三次会まで参加し、気付けばとっくに終電を逃していた。

仲間達はいつの間にか解散しており、田巻一人だけが公園のベンチに座っていた。

「冷たい奴らだなぁ」

公園の水道で顔を洗い、時計を確認すると深夜の二時を過ぎていた。

酒にめっぽう強い田巻はベンチで少し仮眠を取っただけで殆ど酔いが醒めていた。

だが、現在地から家へと歩いて帰るには遠すぎる。

財布の中身も寂しかったので、この公園の誰でもトイレで始発までもうひと眠りすることにした。

トイレの扉を開けて中を確認すると、清掃が行き届いているせいか、床を含め全体的に汚れが少なくて清潔だった。

「よしよし、臭いも殆どないし上等じゃないか」

田巻は上機嫌でカバンからビニールシートを取り出すとトイレの床に敷いた。

「どうか邪魔が入りませんように」

田巻はドアの鍵を掛けるとシートの上で横になった。

疲れが残っていたせいか、すぐに寝てしまったという。

だが、彼の安眠もすぐに破られてしまった。

ガラガラガラッと、外からトイレの重いドアを開ける音が響き、田巻は目を覚ました。

上半身だけ起こしてドアのほうを見ると、一人の男が立っていた。

男は長いこと洗っていないのか、ヨレヨレにくたびれて変色した汚らしいシャツとズボンを身に着けている。

田巻は男を自分と同じく、仮の宿を探しているホームレスだろうと思った。

「悪いなオッサン、先客がいるんだ」

田巻は眠い目を擦りながら不機嫌そうに言った。

男の表情は伸び放題の髪の毛と髭に隠れて読めなかった。

そして、ずっと無言でトイレの入り口に立ち尽くしている。

「だからさぁ……」

イラついた田巻が起き上がって男を追い払おうとしたとき、彼は男が何かおかしな物を手にしていることに気が付いた。

それは鳩だった。

一羽ではない。紐で首を括られた沢山の鳩が男の左手から連なってぶら下がっていた。

鳩達はピクリとも動かず、全て死んでいるようだった。

それを見て田巻の動きが止まった。

「あの、何の御用ですか？」

ビビった田巻は急に弱気になり、丁寧な口調で男に訊ねた。

髭に隠れていた男の口元が緩んだように見えたという。

男は黙ったままトイレのドアを閉めた。

「待てよ！」

田巻がドアに駆け寄ると、鍵は内側から掛かったままだった。

「まだ酒が残っていたのか……？」

田巻はシートの上に大の字になった。

このままトイレの中にいるのは怖かったが、もしドアを開けてあの不気味な男がまだ立っていたら……。

結局、田巻は明るくなるまでトイレの中で待機することにした。

しばらくは男と括られた鳩達のことが頭からなかなか離れなかったが、いつの間にか再び眠ってしまっていた。


トイレの小窓から差し込んでくる朝日で田巻は目を覚ました。

右手に違和感がある。

何か柔らかい物を握っていた。

自分の握っていた物を見て、田巻は叫び声を上げた。

握りつぶされ、無残に変形した鳩の死骸。

手に張り付いた血と肉片混じりの羽から、田巻自身がその鳩を握りつぶしたことは疑う余地もなかった。

大慌てで鳩の死骸を投げ捨て、その場から逃げ出そうとした田巻に更なる追い打ちが待っていた。

彼の寝ていたシートの周りには、同じように握りつぶされた無数の鳩の死骸が転がっていたのだ。

田巻はそのとき、十数年ぶりに少し失禁してしまったそうだ。

ドアを開けると、早朝の街を駅に向かって全力で走っていった。

無事、家に帰った後も右手にはしばらくの間、鳩の死骸の感触がはっきりと残っていて、何とも言えない不快感がついてまわった。


「その男はただのホームレスじゃないのか。それに鳩の死骸は……悪いが酔いが残っていたか、寝ぼけて見た夢ではなかったのかな？」

話が終わった後、私は田巻に疑問をぶつけてみた。

私の無遠慮な質問に田巻は怒らず、大真面目な顔で答えた。

「男の正体は分からんが、確かに内側から掛けたはずの鍵をどうにかして開けやがった。鳩の死骸だけどよ、忘れられるか、あの感触を!!」

そのときの田巻には家を訪ねてきたときの陽気さはなかった。

暗い顔で右手を何度も軽く握ったり開いたりしながら、そのときのことを思い出しているようだった。

「自分から話し始めたくせに」

話のお礼に私が奢るからと呑みに誘うと、田巻の顔がパッと明るくなった。

田巻は何よりもタダ酒が好きな男だ。

「終電前には切り上げるぞ」

そんな田巻に嫌みを言ったが、上機嫌の田巻はうんうんと頷いてスキップでもしそうな勢いで私よりも先に外へ出ていった。

雨

琴音さんはある日、最近友達になった葵さんの家に遊びに行った。

二人は大学のゼミで一緒になったのだが、初日からいろいろと共通の話題があってすぐに意気投合した。

しばらくすると仲良くなった二人は、両親が海外旅行でいない葵さんの家で、お互いが大好きな海外ドラマのＤＶＤを夜通し観ようと約束した。

琴音さんは葵さんの家に行くのは今回が初めてだったが、いざ彼女の家の前に着くとそれがなかなかの豪邸で驚いた。

「都心でこの豪邸を持てるってことはかなりのお金持ちね。まあ、両親も海外に長期旅行するぐらいだから」

琴音さんがチャイムを鳴らすと笑顔で葵さんが迎えてくれた。

「葵の家、とても大きくて凄いわね！　あなたお嬢様だったんじゃない？」

琴音さんは玄関を上がりながら、興奮気味に家の中を見回した。

そして派手ではないが、広くて立派な作りの家に琴音さんは改めて感心した。

「だだっ広いだけで中は質素な物よ」

葵さんは手を振って謙遜しながら答えた。

葵さんの部屋は二階にあるということで、二人は階段を上った。

そのとき琴音さんは、「この家、全体的に薄暗くて湿っぽい」と思った。

今日、外は清々しいほどの快晴だというのに。

琴音さんが葵さんの部屋に入って抱いた第一印象は、「物が少ない」だった。

大きな家に比例して葵さんの部屋も広々としていたが、あるのはパソコンを置いた机とベッド、ソファーとその前にある小さなテーブル。

あとはテレビと、それを置く台になっている平たい本棚だけ。

壁にはポスターや写真どころか、カレンダーも掛かっていない。

おしゃれな置物や可愛いぬいぐるみはもちろん、花一本飾られていなかった。

部屋のレイアウトについての考えや感性は人それぞれだろうが、琴音さんはこれだけ広ければ自分ならいろいろと小物を置き、飾りつけ等をしたいと思った。

「葵は最近流行りの、あまり物を持たない主義？」

琴音さんがそう訊くと葵さんは、「ん～、あまり考えたことないけど最近は余計な物を買わないかも」と軽くはぐらかされてしまった。

それぞれが用意したお菓子と飲み物をテーブルに置くと、ＤＶＤをセットして二人はソファーに座り、ドラマ鑑賞を始めた。

その合間にお互いの大学での生活、恋愛観、グルメ、これから旅行に行きたい場所など他愛のない会話をした。

ドラマを観始めて二時間ほど経ったとき、テーブルに置いてあった葵さんのスマホの着信メロディが鳴った。

葵さんがスマホを取ると、二言三言会話をしてすぐに切った。

「お父さんからだった。旅行先から面倒なことを言ってきたわ」

葵さんはこれから楽しくなるところだったのに、と呆れ顔で言う。

しかし葵さんはお父さんからと言っているが、彼女のスマホ画面に表示された着信元の名前は、「雨」と一文字だけだったのを琴音さんは見逃さなかった。

琴音さんは、「何よ、お父さんが雨って？」と心の中で不審に思った。

「悪いんだけどドラマは一旦休止して、一階奥にある物置部屋からバーベキューセットを運ぶのを手伝ってくれない？　これから伯父さんが借りにくるんだって」

葵さんは申し訳なさそうに言ったが琴音さんは快諾した。

琴音さんは本音を言えば、この家の中をもっといろいろと見てみたかったのだ。

「そのバーベキューセットは重いの？」

「一つの箱にまとまっていてそれほど重くはないのだけど、大きいから一人で運ぶのはちょっと難しいのよ」

二人は階段を降り、一階の奥へと歩いていく。

廊下を歩く間、幾つもの扉を通り過ぎる。

「やっぱりこの家は広くて凄いわ。私の家がウサギ小屋に思える……」

気のせいか、家の奥に行けば行くほど周囲が湿っぽく感じた。

「ここが物置部屋。琴音ちゃん、開けてくれない？」

廊下の突き当たりに着くと、葵さんは物置部屋らしいドアを指してどういう訳か琴音さんにそう頼んだ。

「えっ、あたしが開けるの。どうして？」

琴音さんが少し驚いて訊くと、「お願い」と葵さんは手を合わせて懇願した。

仕方なくドアを開けて中を覗いた琴音さんは、更に驚いた。

物置部屋などと言うから、沢山の物で山積みな光景を想像していたが、実際はバーベキューセットどころか皿一枚置いてないだだっ広いだけの空き室だった。

いや、物はなかったが人はいた。

薄暗い部屋の真ん中に、上下灰色のパジャマのようなものを着た人物が、ぽつんと体育座りをしていた。

薄暗い中でも艶っぽく光る茶髪を肩まで垂らしたパジャマの人物は女性らしく、腕に顔を半分埋めながら琴音さんのことを見つめていた。

「この女性は誰？　というかここは物置部屋じゃないの？　葵、私に何を見せたいの？」

混乱した琴音さんは後ろにいる葵に次々と疑問をぶつけた。

しかし、葵さんは妙に冷静に答えた。

「琴音ちゃんには女に見えるんだ、あの人。私には男の人に見えるよ」

葵さんはニコニコしながらパジャマの人物に近づいた。

灰色パジャマは葵さんを目で追ってはいたが、身体は全く動かさない。

「ここにある荷物は、両親と姉が交通事故で死んだときにみんな処分したの」

琴音さんはもう、何が何だか分からなくなってきた。

ついさっきまでは、同じ海外ドラマが好きな普通の友達だった葵が突然、意味不明な行動や発言を繰り返している。

部屋の湿気が強くなり、ジトッと琴音さんの頭や肩にのしかかってくるようだった。

「葵、家族が交通事故ってどういうこと？　両親は旅行に行っているんじゃないの。それと、その女性は誰なの。あなたのお姉さん？」

「知らない。家族が死んだ後にこの部屋に現れたの。私は雨さんって呼んでいるの」

「雨さん？」

琴音さんが怪訝《けげん》そうな顔をすると、葵さんは部屋のカーテンを開いた。

窓の外は土砂降りの雨だった。

「うそ⁉」

今日は朝から快晴、天気予報でも雨粒一つ降らないと言っていた。

先ほどまで葵さんの部屋にいたときも、外からは雨音など全く聞こえなかった。

「雨さんがいるこの部屋、窓の外はいつも雨が降っているの。だから雨さん」

葵さんは雨さんの頭を撫でながらにこりと微笑んだ。

雨さんは退屈そうに大きなあくびをした。

その口の中に歯が一本もなく、代わりにひき肉のような物が沢山並んでいた。

「あたし、今日は帰るね」

琴音さんの恐怖心は限界だった。

目の前にいる葵は、先ほどまでの自分と同じ平凡な女子大生の葵ではない。

そのとき、玄関からチャイムが鳴った。

「あ、伯父さんかな。本当に来ちゃったか」

葵さんは残念そうに舌打ちした。

「わ、私が出るね」

琴音さんは逃げるように部屋を出ると、小走りで玄関に向かった。

するとちょうど玄関が開いて、外から背広姿の中年男性が入ってくるところだった。

「あの、初めまして。私葵さんの友達で大宮琴音といいます。何か葵さんの様子がおかしくて。知らない人も家の奥にいるみたい。本当に、本当です！」

中年男性は突然大声でまくしたてる琴音さんに対して、特に驚きもせず冷静だった。

そして中年男性は「またか」と溜め息を吐くと、錯乱気味の琴音さんの肩に優しく触れて落ち着かせようとした。

「大丈夫ですか？　私は葵の伯父です。数年前に葵の両親と姉が交通事故で亡くなってから全てがおかしくなってしまいました。葵もこの家も」

葵さんの伯父は悲しそうな顔で静かに言った。

「葵さんの御家族は本当に皆、亡くなったのですね……」

琴音さんは大いに動揺した。

「はい、それから私達伯父夫婦が葵の面倒を見ています。いや、面倒を見るというより監視していると言ったほうが正しいか」

「監視するって……」

琴音さんは訊ねたいことが沢山あったが、伯父さんの悲壮感漂う顔を見ているうちにその気も失せてしまった。

「大宮さんでしたか。早くこの家から出なさい。そして二度と葵とは関わらないほうがいい。大丈夫、葵には私からあなたに近寄らないように強く言っておきます」

「……分かりました」

せっかく良い友達になったと思ったのに、どうしてこんなことになってしまったのか？

琴音さんは複雑な気持ちのまま、二階に上がると葵の部屋に入った。

ドラマはちょうど良い場面で停止したままだった。

荷物を手に取ると、それはまるで霧雨にさらされたように湿っていた。

一階に下りてきて玄関を出るとき、琴音さんは家の奥を覗いた。

薄暗い廊下の奥――物置部屋の前に立つ葵さんと雨さんが、こちらを見ていた。

二人とも無表情なのが不気味だった。

「今回は一人だけか」

葵さんと雨さんを見た伯父さんが小さな声で呟いた。

「一人だけって?」

琴音さんが訊ねると伯父さんは、

「ああ、あの灰色の奴ら、どんどん増えているんだよ。うちの親族が死ぬたびにね」

それを聞いて琴音さんは、「失礼しました!」と家を後にした。

琴音さんと葵さんは今でも同じゼミで学んでいる。

だが、葵さんは琴音さんと友達だったことを完全に忘れ、全く他人のように振る舞い、現在は新しい友達と楽しそうに話しているらしい。

お面

現在、就職活動中の知り合い、孝良君が幼い頃に体験した話。

孝良君が幼稚園児だった頃、近所に美和ちゃんという幼なじみがいた。

当時は他の友達を含めて、よく美和ちゃんの家で遊んでいた。

彼女の家は屋内も庭も大きくて、子供には恰好の遊び場だった。

そして美和ちゃんの家族は孝良君達を、いつも快く家に迎えてくれたという。

美和ちゃんの家には熊のように大柄で白い口ひげをたくわえた彼女のおじいさんがいて、美和ちゃんの部屋で遊ぶ子供達をいつも楽しそうに見守っていた。

そしておじいさんはよく、居間に飾ってある大きなお面を指さして笑いながら、美和ちゃんと孝良君、その他の友達に向かってこう言っていた。

「美和をいじめたり仲間外れにすると、このお面がお前達をさらいにくるぞ！」

ユーモアのある優しいおじいさんだった。

孝良君の話によれば、彼が幼稚園児だった当時、美和ちゃんの家はかなり裕福そうだったのを覚えているという。

派手さはないが大きくてしっかりとした作りの家、広い庭とプール、美和ちゃんのために用意された広い子供部屋と数々のおもちゃ。

孝良君は全てがそろった美和ちゃんの家で遊ぶのが、毎回楽しみで仕方がなかった。

だが唯一、美和ちゃんの家には孝良君やその友達が気に入らないものがあった。

おじいさんがいつもふざけて指さすお面だった。

そのお面はほぼ完全な円形で、人が実際にかぶるには大きすぎるサイズなので恐らくは飾り用だろう。お面には孝良君が絵本で見た地獄の赤鬼のように尖った角や牙が生えており、一応、両目と口の部分に穴が開いていた。

その両目と口の空の部分にできた暗闇が、何故か孝良君を不安な気持ちにさせた。

幼い頃に見たお面にも拘わらず、成人を過ぎた後でも孝良君はその不気味なお面の模様や作りなどを詳細に覚えているという。

お面を巡って、こんな出来事があった。

孝良君が幼稚園を卒業して小学校に上がる頃、美和ちゃんのおじいさんが亡くなった。

小学生になっても、相変わらず美和ちゃんの家は孝良君達の主な遊び場だった。

ただ、おじいさんがいなくなった子供部屋は以前よりも増して広く感じたらしい。

「おじいちゃんに会いたいよう」

皆で遊んでいると、時々、美和ちゃんが思い出したように涙を流す。

この部屋は美和ちゃんとおじいさんの思い出の部屋でもあるのだ。

最初の頃はそんな美和ちゃんを可哀想に思っていた孝良君達だったが、何度も繰り返し泣かれるといい加減楽しく遊べないので、彼女が邪魔に思えてきた。

彼女の部屋で遊ばせてもらっているにも拘わらず。

ある日、また美和ちゃんがおじいさんを思い出して泣き始めた。

すると友達の一人が、「じいちゃんはあの世へ行ったんだから、もう絶対に会えないよ！」と酷い言葉を彼女にぶつけた。

それを聞くと美和ちゃんは更に大声で泣き喚いた。

「あっ⁉」

そのとき、孝良君は部屋の中央に浮かんでいる物を見て声を上げた。

生前、おじいさんが美和ちゃんをいじめるとさらいにくるぞ、と皆を脅していたあの赤い大きなお面だった。

お面に聞いたこともないような唸り声を上げると、部屋中を縦横無尽に飛び回った。

「お面が怒ったぞ!!」

孝良君達は半狂乱になって、お面から逃れようと部屋中を駆け回った。

確かに、お面は怒っているかのように普段よりも模様の赤身が濃く感じた。

孝良君がドアを開けて部屋から出ようとしたが、ドアノブがピクリとも動かない。

飛んできたお面が友達の一人にぶつかり、勢いよく転んだ。

それを見て孝良君達も全員、大声で泣き始めた。

「もういいよ、おじいちゃん」

孝良君達がとうとうお面にさらわれてしまうと観念したとき、部屋の真ん中に立っていた美和ちゃんが、お面に向かって言った。

するとあれだけ激しく飛び回っていたお面が、カランッと軽い音を立てて床に落ちて全く動かなくなった。

皆は泣きながら美和ちゃんに謝った。

「いいよ、美和が泣き虫だからいけないんだよね」

美和ちゃんは涙で腫れた頬を指で軽く持ち上げて笑いながら言った。

次の日、美和ちゃんは急死した。

「さらわれたのは美和ちゃんだった」

孝良君はそう確信した。

そしてさらっていったのは、彼女のおじいさんだということも。

お面が部屋中を飛び回っていたとき、お面の両目と口の開いた部分に見覚えのある瞳と口ひげをたくわえた口が見え隠れしていたという。

それは明らかに美和ちゃんのおじいさんのものだったと、幼い記憶の中でも孝良君は断言できると言っている。

「幾ら孫娘が可愛いとはいえ、あの優しいおじいさんが美和ちゃんを殺してまで攫《さら》っていくとは思いにくいのだけど……」

孝良君は当時のことを思い出しながら言った。


美和ちゃんが亡くなった後、一年も経たないうちに彼女の家族はどこかに引っ越し、立派な家はすぐに取り壊された。

ある日、小学二年生になった孝良君が空き地になったその家の跡地前を通りかかると、土地の中央に瓦礫が積んであり、その上に例の真円のお面が置かれていた。

お面にすっかり色あせて灰色になっていたが、鬼のような顔は彼をあざ笑っているように見えたという。

カエル山

近所の高校生、佐原君から面白い話を聞くことができた。

数年前、佐原君がまだ小学六年生のときの話だ。

当時の夏休み、佐原君は彼の父親とその友人数人と日帰りで温泉街に行った。

そして、やや古いが館内に幾つもの温泉風呂を持つ有名なホテルに入った。

佐原君や父親達は早速、ホテル自慢の温泉を満喫した。

その後、予約した部屋には宴会の席が用意されていた。

初めて食べるホテルの宴会料理は美味しかったという。

だが、途中で若くて綺麗な女性が二人、部屋に入ってきて父親達のお酌をし始めた。

佐原君は後で知ったが、温泉コンパニオンというサービス業の女性達だった。

調子に乗った父親の友人達は、コンパニオンの前でどぎつい下ネタやセクハラまがいの質問等を佐原君に投げかけてくる。

いい加減嫌になった彼は、「また温泉に行ってくる」とウソを吐いて部屋を脱出した。

「父ちゃん達、しょうがないなぁ。帰ったら母ちゃんにチクッてやる」

佐原君はゲームコーナーに行ったが、好みのゲームがなくてやる気が起きない。
他に何か見る物はないかと、佐原君はホテルの外に出た。
だが様々な店のある温泉街までは距離が少しあり、車がないと行くのは無理だった。
そこで仕方なく、佐原君はホテルの裏にある森に行ってみることにした。
高い木々が生い茂る森は広く、日の光が入りにくくて薄暗い分、涼しかった。
ホテルは大きいので、少しくらい離れても視界から消えることはない。
「これだけ大きい森ならカブトかクワガタがいるかもしれない」
佐原君は、しばらく森の中をさまよった。
「せっかくだから写真でも撮ろうかな」
ホテルから大分離れた場所までやってきたとき、佐原君はスマホを取り出した。
しかし、ホテル内では点いていたはずの電源が消えていた。
電源ボタンを長押ししてみたが、起動しない。
充電は十分にあったはずだ。
「何だよ、スマホまで……」
佐原君がイラついていると、自分以外の人間達だ森の奥からやってくるのに気付く。
二人の少年と一人の少女。

「お前、ホテルの客か？」

小柄な坊主頭の少年が、少しニヤつきながら訊いてきた。

少年はなれなれしい態度だったが、一人で退屈していた佐原君は思わぬところで同世代の子達と出会えて少し嬉しかった。

「そうだけど……」

スマホをしまって話をしてみると三人は全員、ホテルの従業員の子供達だという。

小柄な坊主少年はケン、逆に背の高いぼうっとした少年はカンタ、スラッと痩せてませた感じのする少女はサチ。

ホテル従業員である彼らの両親は、ちょうど今の時期が一番忙しい。

だから三人は夏休みでもどこにも連れていってもらえず、暇を持て余していた。

佐原君も温泉に入って料理を食べたまでは良かったが、そこからはつまらなくてしょうがないと三人にこぼした。

「あなたのお父さん達、部屋に女の人達を呼んだんじゃないの？　美人だった？」

サチが笑いながら佐原君をからかうように言った。

「まあ、このホテルは元々、スケベなおじさん達がそうやってどんちゃん騒ぎするのが目的だからね……」

カンタは佐原君と目を合わせずにぼそぼそと呟くように言う。

「よし、俺達がこの森を案内してやるよ」

ケンは任せておけ、と言わんばかりに佐原君に手招きをした。

突然の提案に佐原君は一瞬だけ躊躇《ためら》ったが、このままホテルに戻るよりはマシだと思い、三人についていくことにした。

その際、佐原君はチラリと後方のホテルを見た。

目の錯覚か光の加減か、何となく建物全体が新しく見えた。

一人ではただのだだっ広い森も、仲間ができたら急に楽しい冒険場所になった。

カブトムシやその他昆虫の沢山集まる木々、長いこと使われていない作業小屋、獣の巣穴、キノコをはじめとする珍しい植物、そして森の至る所に祀られた古い奇妙な石碑。

都会っ子の佐原君には全部、珍しいものばかりだった。

「ケンはこの森に詳しいね。おかげで楽しかったよ」

拾ったビニール袋に入ったカブトムシを手に、佐原君はケンにお礼を言った。

「たいしたことねえょ」と得意げなケンに、

「ケンは遊びと足の速さだけは天才だからね」とサチが笑いながら突っ込みを入れた。

「サチは黙ってろよ……。よし、最後はあの用水路に行くか」

用水路と聞いて、サチとカンタの顔が青ざめた。

「ケン、あそこはやめようって決めたじゃないか！」

今まであまり喋らず、どちらかというと皆にただ付いてきているだけのカンタが、初めて声を大きくしてケンに言った。

「私も嫌だ。アレ、凄くキモチ悪いもん」

サチも表情をこわばらせながら反対する。

「二人とも意気地がないな。お前は行くだろう？」

ケンは二人を馬鹿にしながら佐原君を用水路へと誘った。

「用水路って……何か面白い物があるの？」

サチとカンタが嫌がっているのを疑問に思った佐原君はケンに訊ねた。

「ああ、さっきまでとは比べ物にならないぜ。とにかくついてこいよ」

ケンは更に森の奥へ進んだ。

佐原君がややためらいながらついていくと、残りも二人の嫌々ながら歩き始めた。

用水路は佐原君の予想よりも大きな物だった。

しかし、現在は使われていないのか、あるいは時期的なものか水が殆どない。

深さは五、六メートル以上あるだろう、コンクリートむき出しの水路には落ち葉や小枝、そして様々なゴミが沢山散乱していた。

「あれを見てみろよ」

ケンは水のない用水路のある場所を指さした。

佐原君が下を覗きこむと、今まで見たことのない奇妙な物が視界に入る。

それは大人の背の高さほどある、ぬらぬらと怪しく光る物体。

佐原君が目を凝らして見ると、大量のウシガエルが集まって小山を作っていた。

「あれは、何？」

佐原君はあまりにも異様な光景に、用水路から思わず一歩下がった。

「なあ、凄いだろ？　去年、見つけたんだ。冬の寒くて雪が降っているときでさえ、あのカエルどもはジッと動かずに固まって山を作っているんだぜ」

ケンは得意げに言ったが、佐原君はただただ、気持ちが悪いと思うだけだった。

サチとカンタもあからさまに嫌悪の表情を見せている。

ケンはそんな皆を尻目に、近くの垂直階段で用水路の底に降りていった。

その途中、「弱虫ばかりだな。そこで怯えて見てな」とケンは三人を挑発した。

「言ってくれるじゃないの」

怒ったサチも階段を降り、カンタは少しためらったもののやはり後に続いた。

「お前も早く来いよ、まさか怖いのか？」

用水路の底から佐原君を小馬鹿にしながらケンが手を振る。

三人が降りたのに自分だけ降りない訳にはいかない。

佐原君も錆びついた垂直階段をゆっくりと下りた。

ウシガエルの小山は近くに行くと、より気持ち悪く不気味に見えた。

ぬらぬらした肌のカエルが大量に積み重なり、お互い踏んで踏まれつつ、うねうねと動き回っている。

「このカエル達、どうしてこんなに群れて固まっているのかな？」

佐原君が声を引きつらせながら言った。

「さあな、でも面白いだろ？」

ケンだけは面白がって木の棒を拾うと、カエル達を突き始めた。

最初は軽く、そのうち張り付くカエルを無理やり剥がして山から落としたりした。

だが、ウシガエルは落とされても、慌ててすぐに群れの山に戻る。

まるで、何か信念か義務感を背負っているかのように。

「気持ち悪いけど、きっちりと群れを保とうとするのは面白いわね」

「テレビに教えれば有名人になれるかも……」

先ほどまで気味悪がっていたサチとカンタも、そんなことを言いながらケンと同じように棒でカエル山を突き始めた。

「ウシガエルってこんな習性があったのかな？」

そう言って佐原君だけは何もせず、その様子を傍観していた。

本当はこの小山をスマホで撮影したかったが、相変わらず電源は落ちたままだった。

「前からやってみたいことがあったんだ」

そう言うや否や、ケンはどこからか取り出した噴き出し花火を木の棒に括り付けると、マッチを擦って点火した。

「マッチって、ああやって使うんだ」

佐原君は、マッチの存在は知っていたが実物はそのとき初めて見たという。

「そら、コイツで焼き払ってやるぜ」

ケンは勢いよく火花を噴き出す花火の棒を山に向けて、カエル達をいたぶった。

さすがにこれにはカエル達も大慌てで逃げまどい、頑なに守ってきた群れを崩した。

「ちょっと、幾ら何でも可哀想でしょ。やめなさいよ！」

サチがケンの肩を掴んで抗議したが、ケンは面白がって止めなかった。

すると次の瞬間、ばんっ、と大きな音が辺りに鳴り響いてカエル山の上部が爆発し、ウシガエル達が辺りに飛び散った。

飛び散ったカエルは佐原君以外の三人に勢いよくぶつかり、ぐちゃぐちゃと無残な姿となって地面に落ちた。

突然の出来事に驚き、子供達全員が大声で泣き叫んだ。

捻れて潰れたカエルが、四方八方に飛び散って身体にぶつかったことがショックだったが、それよりも恐ろしい物が目の前にいたのだ。

爆発後、カエル山は半分ほどの高さになっていたが、その中から男が現れた。

男の下半身はカエルに包まれているが、上半身は裸で肌が不健康なほど青白かった。

男は痩せていたが筋肉質で青白い肌は、自分がまとっているカエル達と同じようにぬらぬらと光っていた。

「落ち武者」

怯える佐原君が、その男を見て思った印象がそれだった。

カエル山から現れた男は武具こそ身に着けていないものの、頭部の中央は剃ってあるが左右は長い髪の毛が垂れ下がっている。

佐原君が以前、テレビやネットなどで見た、落ち武者の頭部にそっくりだと思った。

「ちと、悪さが過ぎるのではないか？」

男は子供達を見回しながら低い声でそう言った。

そして手を伸ばし、一番近くにいたショックで動けないケンの首を掴んだ。

当然のことにケンは泣き叫びながら謝ったが、男は手を緩めなかった。

男は唸り声を上げながら両手でケンの首を絞め始めた。

地の底から響くような唸り声を聞いて、サチとカンタ、そして佐原君は耳を塞いだ。

首を強く絞められているケンは、口から血を流し始めた。

耐えられなくなった佐原君は、後ろにある垂直階段を急いで昇った。

途中、手足がもつれて何度も滑り落ちそうになったが、何とか階段を上りきると急いでホテルのほうへと走って逃げた。

走っている最中、チラリと後ろを振り向くと、サチとカンタも一緒に走っていた。

「お願い、置いていかないで。今回こそは逃げたいの！」

サチが訳の分からないことを叫んでいたが、佐原君はお構いなしに走った。

しばらく森の中を走っているとホテルが見えてきた。

真新しくて綺麗なホテルに佐原君が近づくにつれて、古ぼけて小さなキズや汚れが目立つようになり、やがて彼が最初に父親達と来たときの年季の入った状態に戻った。

ホテルの裏庭テラスが見える場所まで来ると、佐原君は安心してその場で膝を着き、はあはあと肩で息をしながら、激しく胸を打つ心臓を落ち着かせた。

「あなた、大丈夫？」

呼吸の落ち着いた佐原君が顔を上げると、そこには心配そうな顔をした大人の男女が彼を見下ろしている。

声を掛けてきた中年女性は白い作業帽と割烹《かっぽう》着を着ており、その隣にいる長身の中年男性は黒いスーツを着ていた。

どちらもホテルの従業員のようだった。

「あなた、森の奥にある用水路に行ったでしょ？」

女性が唐突にそんなことを聞いてきたので佐原君は驚き、「どうしてそれを？」と二人から少し後ずさりした。

「やっぱり」

長身のスーツ男性が、ボソッと呟くように言った。

佐原君は中年男女の顔に、何故か見覚えがあるように感じた。

「そこで三人の子供達と一緒に、カエルの群れが固まった変な物を見なかった？」

女性が更に聞いてきたので佐原君は息が落ち着くと、「はい」と頷いた。

そして、「どうしておばさんは僕の体験したことを知っているのですか？」と今度は佐原君が少し警戒しながら聞き返した。

「私はサチでこちらはカンタ。今は私の旦那だけど」

「えっ？」

佐原君が驚いて言葉を失っていると、サチだと名乗る女性は話し始めた。

「昔、もう三十年前になるかしらね。ホテル従業員の子供達だった私とカンタ、ケンはホテルの裏庭でよく遊んでいたの。ある日、それまで行ったことのなかった森の奥の用水路でウシガエルの群れ固まった小山を見つけたわ。それが悪夢の始まり」

佐原君は二人の顔を改めて見回した。

言われてみれば、さっきまで一緒にいたサチとカンタの面影がある。

「そのカエル山にケンがイタズラをしたの。私達もちょっとだけ木の棒で弄ったけど、ケンみたいに花火で炙ることまではしなかったわ」

その後、酷いことになったのは佐原君も知っていた。

「カエル山が爆発して落ち武者みたいな男が現れたんでしょ？」

佐原君がそう言うと大人になったサチとカンタは一瞬、お互いの目を合わせた。

「その通り……たまにあるのよ、このホテルに遊びに来た子供がホテルの裏庭に行く。そして過去の出来事を子供だった私達と一緒に体験してくるの」

おばさんの顔は真剣そのもので、とてもウソを吐いているようには見えない。

何よりも佐原君が、用水路で体験した出来事の詳細を知っている。

「ケン、ケン君はどうなったのですか？　あの落ち武者に首を掴まれていた！」

「ケンは……帰ってこられなかったよ。警察は行方不明にしていたけど……きっとケンはまだ森の奥で……君の言う落ち武者に……捕まったままだと思う……」

スーツの襟元が少し乱れたカンタが、途切れ途切れにはっきりしない声で言う。

やはり、この二人はサチとカンタで間違いないのだろう。

「私達は帰ってこられたけど、何となくこの土地を離れられなくてね。結局、親と同じくこのホテルに就職して、そのまま幼なじみのカンタと結婚したの」

サチがチラリと後方のホテルを見た。

「三十年前、あの出来事から私達の子供時代はまだ森の中にいるように思えるの。そして、あなたを含む森に迷い込んだ子供と同じことを繰り返している。ケンだけは帰ってこないけれども……」

佐原君は最後に、二人にカエル山の中にいた男の正体について訊ねた。

しかし、それは未だに全く謎だった。

森の中に点在する石碑を調べれば何か分かるかもしれないと、サチとカンタは調べたこともあったそうだが、男の正体に繋がるようなことは何も書かれていなかったらしい。

「もう、お帰り。今度ホテルに来たときもこの裏には来ては駄目よ」

話を終えるとサチは優しい顔で佐原君を帰るように促した。

佐原君は素直にそれに従い、ホテルへ帰った。


夕方、父親達の酔いは醒めると佐原君達は東京へ帰ることになった。

「どうだ、楽しかったか？　お前も早く酒が飲めればなぁ」

上機嫌の父親が佐原君に話しかけたが、彼は何も答えなかった。

「おっ、ウシガエル。珍しいな」

父親の友人が車の近くにいたウシガエルをいたずらに蹴とばそうとしたが、佐原君は、

「やめなよ！」と大声で怒鳴った。

佐原君の大声に大人達が驚いていている間に、彼はさっさと車に乗り込んだ。

車が走り出し、ホテルの敷地を出たときだった。

敷地近くの森、その木々の間に二人の男女が立っていて、佐原君の乗る車をジッと見つめていた。

先ほどの大人になったサチとカンタだった。

佐原君は一応、軽く手を振ったが、二人は何も反応せず、視界から消え去るまでただひたすら佐原君の顔を見つめていた。

「三十年前、実はあの二人も森から帰ってこられなかったのではないか?」

佐原君はそう思ったという。

アゲハ

春加さんが高校生のときに体験したという話だ。

ある日、春加さんが学校の部活からへとへとになって帰ってくると、玄関の壁に見慣れない物が張り付いている。

「これって確か、蝶のサナギ？」

壁には褐色のサナギが張り付いていた。

それまで蝶、ましてやそのサナギについて殆ど関心のなかった春加さんだったが、生のサナギを初めて見て少し興味が湧いてきた。

春加さんが人差し指でそっと触れてみると、サナギはもぞもぞっと動いた。

その動きがとても可愛かった。

「頑張って蝶になってね」

サナギを励ますと春加さんは家に入った。

夜、ネットで調べてみると、どうやらあのサナギはアゲハチョウらしかった。

「あんなモノがこの綺麗な蝶になるなんて、ホント不思議」

春加さんは、サナギが蝶に変身するところを想像しながら布団に入った。

翌朝も春加さんは、壁に張り付いたサナギに挨拶をして学校へ行った。

そして夕方、春加さんが部活でへとへとになって帰ってくると、玄関では衝撃的な光景が待っていた。

昨日まではきちんと壁に張り付いていたサナギが、石畳に落ちていたのだ。

哀れなサナギは、無残にも捻じ切れて体液を辺りにぶちまけていた。

その周りには何とも言えない異臭が漂っている。

「酷い……何があったの？」

野良猫や野鳥にでも見つかってちょっかいを出されたか、それとも他の家族の持ち物に運悪くぶつかって落ちてしまったのか。

犯人は分からないが、このサナギが蝶になるのは不可能だということだけは事実だった。

春加さんは家に入ると、割り箸とティッシュを持ってきた。

そして異臭を我慢しながら割り箸でサナギをつまみ、ティッシュに包んだ。

「可哀想に……でも臭い。虫の体液ってここまで臭うものかしら？」

どんどん強くなる異臭に耐えかねて、春加さんは庭にスコップで穴を掘るとティッシュに包んだサナギを埋葬した。

埋葬した場所には、園芸用に綺麗にカットされた石を墓標として置いてあげた。

「この次は無事に蝶になれますように」

春加さんはサナギの墓に丁寧に手を合わせたが、埋葬してもなお漂う異臭に我慢できず最後は吐きそうになってしまった。


その日の夜中、春加さんは自分の胸がやけにムズムズするのを感じて目が覚めた。

正確に言うと、両方の乳首がやたらとうずいて気持ちが悪い。

電気を点けてパジャマを脱ぎ、ブラを外してみると両乳首の先から、白い液体が滲み出ていた。

春加さんが驚いてその液体を手に付けてみると、今日の夕方、玄関でサナギが流していた体液と同じ異臭がした。

「いや、ちょっと勘弁してよ。私、男の人と変なことしていない。あ〜、違う違う。そういう問題じゃない。何で胸からサナギの体液が出るの？」

パニックになった春加さんは、大声で家族を呼ぼうとしたが、

「乳首からサナギの汁が出る」なんて言えるだろうか？

そのうち部屋中に、サナギ汁の異臭が充満し、春加さんは堪らず窓を開けた。

そしてスマホで乳首や母乳について調べてみた。

すると病気やホルモン異常、薬などの影響で、妊娠していなくても母乳が出ることがある、ということが分かった。

しかし、当たり前だがサナギの汁が出るなんてことは、幾ら検索しても出てこない。

乳首を拭《ぬぐ》っても拭っても、臭いサナギ汁が乳首から溢れてくる。

「何で私がこんな目に？　サナギさん、応援していたのに……」

春加さんは泣きながら自分の乳首を拭い続けた。


翌朝、春加さんは上半身裸のままで、いつの間にか寝てしまっていた。

ベッド上には、自分の乳首から出たサナギ汁を拭ったティッシュが散乱している。

そして、乳首からはまだ液体が滲み出ていた。

春加さんは寝ぼけた顔のまま、何となくその液体を手で拭き、臭いを嗅いでみた。

「何、このいい香り!?」

昨晩と違って彼女の乳首から滲み出る液体は、甘く爽やかな香りを放っていた。

あまりにも良い香りなので、彼女は思わずそれを舐めてしまった。

「凄く甘いわぁ、練乳みたい。でもあれほどしつこくない。こんな味、初めて」

春加さんはしばらく、自分の乳首から出る甘い液体を舐めていた。

しかし、乳首から出るのが異臭を放つサナギ汁から、甘くて良い香りの液体に変化したのまではいいとして、相変わらず滲み出るのが止まらない。

「何をしているんだ、私は……」

我に返った春加さんは甘い液体を舐めるのをやめ、これからどうするか考えた。

「保険室の水穂先生なら、経験豊富だから何か知っているかも」

水穂先生は春加さんの学校の養護教諭で、生徒達から慕われている年配の女性だった。

春加さんはとりあえず応急処置として、ティッシュを厚めに畳んでブラの中に入れ、液体が漏れるのを防いだ。

そして身支度を調えると朝食も取らずに家を出た。

一刻も早く水穂先生に相談に乗ってほしかったからだ。

だが、その前に昨日作ったサナギのお墓に手を合わせた。

「どうか、私を恨まないでね」

「おはよう、春加。何か良い匂いするね」

学校の近くで同級生に声を掛けられた。

「そう？　新しいシャンプーにしたからかな」

春加さんはそう言ってごまかしたが、香りは他人に分かるくらい強いようだった。

その後、教室に入っても他の同級生から同じ質問を受けた。

そのたびに、「姉の持っていた外国製のシャンプーを内緒で使った。商品名は英語だったからよく覚えていない」とウソを吐いた。

「さて、何て理由を付けて保健室に行こうかしら」

春加さんは、どうやって保健室に行こうか理由を考えた。

しかし、朝のホームルームが始まるなり、担任の先生がいきなり怒り始めた。

「昨日、他のクラスでタバコを吸ったヤツがいてな‼」

激怒する担任の話を折って手を上げる勇気は、春加さんにはなかった。

そして一時限目はこれまた学校で一、二を争う厳しい世界史の先生、この授業でも春加さんは手を上げて保健室に行く機会を失った。

授業中、春加さんは何度も自分の胸を触った。

ジクジクと乳首から液体が溢れ出ているのが分かる。

「何で私だけこんな目に遭うのかしら……」

春加さんは涙が出そうになるのを我慢しながら授業を受けた。

授業が終わると春加さんはすぐに保健室に向かおうとした。

だが、先ほどまでと胸、乳首の感覚が違う。

そこでトイレの個室に入って乳首を見てみると、液体は止まっていた。

「よかった〜、もう二度と出ないでよ……」

春加さんは個室の中で安堵の溜め息を吐いた。


それから十年程経った現在、春加さんは一児の母になっていた。

女の子の赤ちゃんは元気だったが、春加さんには悩みがあった。

母乳が出ない。

産婦人科医や看護婦達には、吸わせているうちに出るようになると言われたが、小まめに赤ちゃんに乳首を吸わせても母乳は一滴も出ない。

旦那さんや親達は、「あまり悩まずミルクで育ててもいいじゃないか」と優しく言ってくれた。

だが、春加さんは昔から赤ちゃんに母乳を飲ませて育てるスタイルを夢見ていた。

それは叶わない夢なのか。

春加さんは赤ん坊の寝顔を見ながらふと、学生時代に自分の乳首から謎の液体が滲み出てきた現象を思い出した。

「あのとき、もう二度と出ないで、なんて言ったのがよくなかったのかしら」

春加さんは赤ちゃんを優しく抱き上げると、泣いた。

「おっぱい、飲ませてあげられなくてごめんね」

そのとき、春加さんは見た。

閉まっていた窓ガラスをすり抜けて、大きな一匹のアゲハチョウが入ってきた。

黄色い模様の羽をはためかせ、優雅に部屋の中を飛び回る。

春加さんは赤ちゃんを抱きながらしばらく、蝶を眺めていた。

蝶の力強い動きを見て、春加さんは何となく自分を励ましてくれているように思えた。

「もしかしたら、あのときのサナギさん？」

それに答えるように、部屋の中に甘くて良い香りが漂ってきた。

春加さんはハッとして、自分の乳房を出してみた。

乳首から白い液体が滲み出ている。

液体を手に取って舐めてみると、学生時代、臭い汁の後に自分の乳首から溢れ出たあの良い香りの甘い液体だった。

春加さんは高鳴る鼓動を押さえて、赤ちゃんに自分の乳首を吸わせてみた。
赤ちゃんは美味しそうに一生懸命、春加さんの母乳を飲み始めた。
春加さんは夢が叶い、その両目から沢山の涙が溢れ出た。
アゲハチョウはそれを見届けたように、また窓ガラスをすり抜けて去っていった。

少し前、春加さんの赤ちゃんは一歳の誕生日を迎えた。
母子ともにとても健康だという。

半分女

今から二十年以上前――飯田さん夫妻がまだ結婚する前に体験した話だ。

当時、飯田さんとまだ交際中であった奥さんは、大学受験が終わった後、夕食を兼ねたデートに出かけた。

二人は高校生のときから付き合っていたのだが、お互いの両親が厳しく夕方を過ぎてのデートは禁止だった。だが、晴れて大学生になりそれも解禁された。

ファミレスで夕食を食べた後、二人は都内T区にある有名な水族館に行った。

その夜は平日だったためか水族館はガラガラで、二人は広々とした空間でデートを楽しむことができた。

飯田さん達が巨大なマンボウの水槽前に来たときだった。

水槽の前にはコンクリートの出っ張りがあり、そこには飯田さん達より年上の社会人らしいカップルの先客がいた。

カップルはマンボウなど見ずに、女性は出っ張りに座り、男性のほうはまるで見せつけるかのように女性の太腿に頭を乗せて寝っ転がっていた。

水槽前の出っ張りは、本来座ったり乗ったりするための物ではないのだろうが、他の客が少ないのをいいことに、年上カップル達は自分達だけの世界に浸っていた。

「凄いね、あの人たち。大胆すぎる」

奥さんが飯田さんに耳打ちすると彼は頷き、

「あんな大人にはなりたくないな……」と冷めた目でカップルを見ていた。

飯田さん達は年上カップルを敬遠し、少し離れた場所からマンボウを見物した。

マンボウは飯田さん達に左側面を見せて、のんびりと水槽内を漂っていた。

そのとき、二人はマンボウの右側面、つまり彼らが見ているマンボウの逆側に何か妙な物が張り付いているのに気が付いた。

それは赤い服を着た女だった。

最初は人形かと思ったが違う。

身長が一メートルもないその女は、マンボウに張り付きながら水中で瞬きをし、手を揺らめかせ足を軽くバタつかせており、確かに生きていた。

成人女性をちょうど半分のスケールに縮めたような背格好。

マスカラも口紅もとても濃くて、黒く長い髪の毛は束ねてもいないのに水中で全く散らばりも広がりもしない。

そんな半分女がマンボウの右側面に張り付き、水槽前でくつろぐ年上カップルを憎しみの籠もった暗い表情でチラチラと覗き見しているのだ。

まるでカップルのどちらか、あるいは二人に強い恨みでもあるかのように。

飯田さん達はその光景に黙って立ち尽くすしかなかった。

「もう行こう」

飯田さんが奥さんの手を引いて立ち去ろうとしたとき、二人とも半分女と目が合った。

半分女はマンボウの背にまたがりながら、飯田さん達に対してはどろんとした生気のない眼差しを向けていた。

だが半分女の顔は、すぐに飯田さん達を侮辱するような嫌らしい表情に変わった。

年上カップル達は半分女が見えないのか気付かないのか、相変わらず呑気に水槽の前でくつろいでいる。

飯田さん達はその場から走って逃げた。

「あの小さな女の人、一体何者だったのかしら……？」

帰りの電車で奥さんは飯田さんに訊いたが、彼はもちろん答えられるはずがなかった。

後味の悪いデートからしばらく経ち、飯田さん達は一緒に映画を観に行くことにした。

週末で人気映画にも拘わらず映画館はガラガラで、飯田さん達の他にはチラホラとしか観客がいない。

「空いていて良かったね」

飯田さんがポップコーンと飲み物を渡すと、奥さんは嬉しそうに頷いた。

だが、飯田さんは不自然に空いた映画館を見回して、何となく嫌な気がした。

そしてその予感は的中してしまった。

少し経つと飯田さん達の前の席に、別のカップルがやってきて座った。

薄暗い館内で確信は持てなかったが、飯田さんはそのカップルが水族館でマンボウの水槽前にいた二人のように見えた。

奥さんも同じように思ったらしく、不安げに飯田さんの手を握ってきた。

「大丈夫だよ、怖いと思っているから何でもそう見えてしまうんだ」

飯田さんはそう言って奥さんを安心させるために手を握り返した。

そして、いざ映画が始まるとその面白さに引き込まれて、飯田さん達は前のカップルのことなどいつの間にか忘れてしまっていた。

しかし、映画がクライマックスを迎えるとき、飯田さんは前席の男を見て驚愕した。

男の膝の上に赤い服を着た小さい女が立っていた。

後ろ姿しか見えないが、水族館でマンボウに張り付いていた半分女に違いなかった。

飯田さんの隣では奥さんが震えていた。

前席の男は半分女が立って目の前を塞いでいるにも拘わらず、普通に前を見ていた。

男の右席にいる女も何事もないように黙ってスクリーンを見つめており、半分女の存在に気付いていないようだった。

(こいつ本当に何者だよ……?)

飯田さんがそう思ったとき、半分女が男の膝に乗ったまま肩を揺らして、「クックックッ」と笑った。

そして半分女は急に後ろを振り向いた。

「見るな」

飯田さんは隣席の奥さんをかばうように抱えると、自分も目をつぶった。

水族館で見たあの嫌らしい半分女の顔を見たくなかったからだ。

しばらくそうしていると映画が終わり、館内が明るくなった。

二人が目を開けると半分女は消えていたが、前席のカップルはまだ座っていた。

飯田さん達が退場するとき、カップルの顔を見るとやはり水族館にいた男女だった。

しかし、二人は座席に座ったまま大きく目と口を開き硬直していた。

まるで何かとても恐ろしい物を見て、ショックで動けなくなってしまったようだった。

飯田さん達はそんなカップルを放ったまま、慌てて映画館から脱出した。

その後、落ち着くために喫茶店でお茶を飲んだが、どうしても話題が半分女のことになってしまうので、その日は食事を摂らずにデートを終えることにした。

飯田さんは奥さんを家の前まで送ってあげた。

「何なのかしら、あの気味の悪い女。どうして私達につきまとうの？」

奥さんは泣き出しそうだった。

「分からないよ。まさかまた出会うなんて」

飯田さんも冷や汗を拭いながら、何かあったらすぐに電話をしてくれと怯える奥さんに伝えて、自分も家に帰った。

それからしばらくの間、二人はお互い忙しくて会うことができなかった。

飯田さんは小まめに奥さんに電話をして何か変わったことはないか訊いたが、幸いその時点では何事も起きていなかった。

映画館の件から一カ月以上経ったある日、飯田さんの所に奥さんから慌てた様子の電話が掛かってきた。

「関係ないと信じたいのだけど……あの女みたいなのよ」

奥さんの話によると、彼女のお姉さんが家の近くで奇妙な体験をしたらしい。

夜、お姉さんが勤め先から帰ってくる途中のことだった。

お姉さんが家の近くにある、人通りの少ない十字路を通ろうとしたときだ。

十字路の右側から、コロコロコロコロコロ～っと軽快な音を立てながらゆっくりと一台の車椅子が進んできた。

お姉さんが立ち止まって車椅子を見ると、赤い服を着た女の子が乗っている。

しかし、街灯に照らされた女の子の顔つきを再度はっきりと見た途端、それの異様さに気が付いた。

車椅子に乗っているのは、子供ではなく明らかに厚化粧をした成人女性だった。

ただ小さい、身長一メートルもない。

最初、お姉さんは女性が小さいのはそういった病気か何かとも思ったが、もう一つ不思議なことがあった。

お姉さんは以前、福祉施設に勤めていたから車椅子には詳しい。

小さな女性が乗っている車椅子は後ろにある取っ手を握り、介助者が押して動かすシンプルなタイプだった。

お姉さんがよく見ても、電動式車椅子のような動力部分や機械類は一切付いていない。にも拘わらず、小さな女性の乗った車椅子はまるで生きているかのように、コロコロスルスルと前に進んでいく。

小さな女性は手足をダランとしたまま座っており、自分で車椅子を動かしている様子は全くなかった。

自動で動くはずのない車椅子は、不気味な小さい女性を乗せたまま夜の暗い道の中に消えていった。

お姉さんは呆然としながら、不可思議な車椅子の後ろ姿をしばらく眺めていたという。

奥さんはお姉さんに同じような半分女に、二回遭遇したことを話した。

しかしお姉さんも頭を抱えて、「お祓いでもする？」としか言わなかった。

「私、とても怖くて。あの半分女が家の近くをうろついているかもしれないと思うと」

電話口から奥さんが震え声で言う。

飯田さんは奥さんのことが心配でたまらなかったが、どうすればいいか分からない。

少し前から、突然自分達の前に現れて異様な行動をする正体不明の半分女。

当時はまだ十代の少年であった飯田さんには為す術もなかった。

飯田さんも奥さんも不安でしょうがなかったが、ある出来事の後、半分女は二人の前から姿を消した。


その夜は家に奥さん一人だけだった。

奥さんは二階の自室で大学のレポート作成をしていた。

提出期限が迫っていたため、奥さんは半分女のことを一時的に忘れていた。

ガチャン!!

一階の玄関で扉が開き、また閉じた音がした。

奥さんは姉が帰ってきたのだろうと思った。

両親は車で出かけているので、帰ってくればまずガレージから音がするからだ。

しかし、姉のやや間の抜けた「ただいまぁ〜」といういつもの声が聞こえてこない。

奥さんは何となく嫌な予感がして部屋から出ると、二階のエントランスから玄関をそっと覗いてみた。

玄関には誰もいなかったが、ついさっきまでそこに誰かが立っていた気配を感じた。

「……入ってきた」

自分でも謎だったが、奥さんは半分女が家に侵入してきたと確信した。

奥さんは泣き出しそうになったが、勇気を振り絞って一階まで降りた。

いっそのことあなたは何者なのか、何が目的なのかと問いただしてやろうと思った。

このまま飯田さんとの仲を邪魔されてたまるか、と。

奥さんは気配をたどって家の奥に進み、バスルームの前までやってきた。

「ここなの？」

照明を点けると奥さんは思い切ってバスルームのドアを開けた。

「ぎゃあああああああっ!!」

万力で喉を潰したような長い絶叫が、家を揺るがす勢いで響き渡った。

驚いた奥さんも同じくらいの大声で叫んだ。

バスルームの中に半分女がいた。

全裸で。

半分女は裸を見られると胸や股間を手で隠し、ドアを開けた奥さんを非難するように睨みつけながら大絶叫したのだ。

その姿は今までの不気味で恐怖の対象だった半分女の雰囲気を吹き飛ばし、滑稽《こっけい》にすら見えたという。

半分女はそのままかき消すように消えてしまった。

それ以来、現在まで飯田さん達の前に半分女は現れていない。

ほんの一時だったが、飯田さん達を恐怖に陥れた半分女の正体や目的はもちろん今でも謎のままだ。

奥さんは半分女の裸を見たときにこう思ったという。

「あの女、全身が物凄く毛深かったんです。化粧はばっちり決めているくせにムダ毛の処理はしないのかなぁと」

そして最後に、「特に脇とアソコの毛は隠してもはみ出るくらい伸びていて。あれを他人に見られたら私も大絶叫しちゃいますね」と恥ずかしそうに言った。

潮吹き

以前、コンビニで一緒に働いていた荒井先輩は、奥さんの妊娠中、自分の性欲を出会い系アプリで会う女性達で満たしていたという。

以後、それが癖になり、お子さんが生まれた現在も隙があると出会い系アプリのお世話になっているらしい。

もちろん奥さんには内緒で。

安定したサービスを求めるなら最初から有料の風俗店に行けばよいのだが、そちらには若い頃に散々通ったので飽きてしまったそうだ。

今は当たり外れがあるものの、様々な性格や容姿、境遇の女性達に会える出会い系アプリのほうがスリルや意外性もあり楽しいという。

出会い系といっても、そこに集う女性達で本当に彼氏や真剣な交際相手を探している人は皆無と言っていい。

女性達の目的はもちろんお金。

自分の身体で、いくばくかのお金を稼ぐのである。

アプリ登録者は小遣い稼ぎのＯＬや学生、副業感覚の主婦から借金のある訳あり女、そして素人を騙った派遣型風俗嬢達など、様々な女性が集まっている。

だから、女性の態度や対応、性的サービスの質はバラバラで不安定だ。

支払った金額以上に一生懸命尽くしてくれる女性もいれば、シャワーを浴びるなりベッドに寝っ転がって、「早くすませて」と巨大なオナホールになりきるだけの女もいた。

荒井先輩（というかアプリを使う男達）のターゲットはもちろん前者のほうだ。

前者の彼女達は気立てやサービスが良いだけではなく、何度も会っていると交際料を割引してくれたり、ハメ取りをさせてくれる人さえいる（別料金のことが多い）。

そんな女性は稀だが、それでも先輩は過去に数人、そういった素晴らしい女性と関係を持ち、今でも時々会っているという。

「そんなアプリで出会う女性、怖くないですか？　病気とか美人局《つつもたせ》とか……」

私が興味津々に訊ねると先輩は、

「ラッキーなことに病気を移されたことはないな。まあ、妻がいるから定期的にその手の病院で性病検査はしているよ。美人局なんて古い言葉をよく知っているなぁ。今は脅す側も脅迫罪とかで逆に訴えられるリスクが高いことを知っているから滅多にないよ」

性病検査をするお金があるなら、出会い系など止めて奥様やお子さんに何か買ってあげればいいのに、と私は閉口した。

「あるぞ、その出会い系でお前の欲しい心霊っぽいネタが」

呆れ顔の私に先輩はニヤリとしながら体験談を語ってくれた。


一年前の祝日、荒井先輩の奥さんはお子さんとともに実家に泊まりがけで帰っていた。

これはチャンスとばかりに、先輩は出会い系アプリでいつものように登録している女性達を検索した。

しかしその日に限って場所や時間、交際料など条件の合う女性が見つからない。

仕方なく今度は先輩自身が掲示板に募集要件を書き込んだ。

しばらくするとメールが一件届いた。

相手はカナという二十六歳の独身女性で、今から指定した場所ですぐに会えるという。

プロフィールに顔写真がなかったのが気になるが、もはやそのときの先輩は湧き上がる性欲を抑えることができなかった。

先輩はすぐに電車で待ち合わせ場所の最寄り駅へと向かった。

駅にある大きなコンビニ前が待ち合わせ場所だった。

先輩はスマホを見るふりをしながら、自分の前を通る女性達を一人一人観察する。

「今回はどんな女が来るのだろう？　無愛想やマグロじゃなければいいが……」

このコンビニ前、裏では出会い系の待ち合わせで有名な場所だった。

先輩の他にも何人もの男達がスマホ片手に立っている。

恐らく、彼らもアプリで意気投合した相手の女性を待っているのだろう。

「あの……アッキーさんですか？」

突然、横からそう話しかけられて先輩は身体をビクつかせて驚いた。

アッキーというのはアプリ内での先輩のハンドルネームだ。

見ると一人の女性がニコニコしながら立っている。

「私、カナです。アッキーさんでよろしいですよね？」

女性ははっきりとした明るい声で挨拶をしてきた。

「ああ、はい、そうです。カナさんですね、今日はよろしくお願いします」

出会い系で会う女性は大抵、他人の目を気にして初回は後ろめたそうに静かに話しかけてくるものだ。

しかし、カナはまるで通常の商談でも始めるかのようにハキハキとしている。

落ち着きを取り戻した先輩は、カナの容貌をめざとくチェックした。

「二十六歳と言っていたが、恐らく三十歳を少し超えた所か。中肉中背で、ぽっちゃりじゃないのは俺的にポイント高いな。顔は……かなりタレ目なのが御愛敬かな」

先輩は上から目線でカナの容姿を評価した。

「ホテル、場所は分かりますよね？　早速行きましょうよ」

カナが先輩の手を強く引くので、二人は駅裏の奥にあるホテル街に向かうことにした。

「積極的な子だなぁ……あ？」

先輩はホテルに向かう途中、カナへのメールに自分の身なりや外見等を書き忘れたことを思い出した。

「よく俺がアッキーだと分かったね」と訊こうとしたとき、カナの意外と大きな胸が先輩の肘に当たった。

その途端、先輩は細かいことはどうでもよくなった。

駅裏のラブホテルは、本物のカップルがゆったりと愛の時間を過ごすような豪華で綺麗な物ではない。

ビルとビルの間にひっそりと建つそれは、荒井先輩達のように一時の肉体関係を持つ男女のために用意された小部屋の集合体と言っていい。

二人はホテルに入ると部屋を選び、フロントの老人が無言で鍵を差し出した。

先輩が見慣れたこの老人は、足が不自由なのか車椅子に乗っていた。

鍵を受け取ると、いつもは無表情な車椅子の老人が珍しく顔に嫌らしい笑みを浮かべていることに先輩は気が付いたが、カナに押されてそのまま部屋へと向かった。

狭い部屋にベッド、テーブル、多機能型大型テレビ、そして風呂にトイレ。

男女が交じりあうためだけの部屋。

「結構暑いですね、シャワー浴びてしまいましょう」

テーブルにバッグを置いたカナは、さっさと服を脱ぎ始めた。

部屋に入ってしまうと女性のほうが大胆だ。

しかし、ある程度まともな女性ならたとえお金を挟んだ一時の関係とはいえ、最初は世間話でもして少しでも良い雰囲気を作っていくものだ。

だが、カナはそれをすっ飛ばして行為に及ぼうとしてきたので、出会い系ベテランの先輩も面食らってしまった。

「あ、カナさん、先にお金を渡すよ」

先輩が財布を出すと、ブラを外したカナは笑顔で言った。

「いりませんよ、ホテル代だけで結構です。その代わり楽しませてください」

「マジで、タダでいいの⁉」

タダと聞いて、先輩は一瞬だけ何か裏があるのではないかと疑った。

「先に入っていますね」

全裸になったカナは、一人でバスルームに入ってしまった。

カナのほどよくたるんだバストとヒップに魅せられてしまった先輩は、自分も急いで服を脱ぐと、お金を取らないことを勘ぐったことも忘れてカナの後を追った。

「こりゃ、ラッキーな展開だなぁ」


カナは、バスルームで甲斐甲斐しく先輩の身体を洗ってくれた。

慣れた手付きを見ると、彼女は風俗店の経験があるのかもしれない。

その間、先輩はカナの身体を優しく触って楽しんだ。

カナはお腹こそ出ていないものの、さすがに十代二十代の肌の張りはない。

だが、そこが美人ばかりそろえたAVや風俗などと違い現実味があり、先輩はかえって興奮するのだ。

「逞しい身体をしていますね、何かスポーツでもやっているのですか？」

「最近はたまに草野球をやるくらいだなぁ」

お互いに身体を洗ってシャワーを浴び終えると、カナはニコニコしながらバスタオルで先輩の身体を拭いてくれる。

決して美人系ではないが会話を絶やさず、ずっと笑顔で接してくれるカナのことが、先輩はどんどん愛おしく思えるようになってきた。

大袈裟《おおげさ》ではなく、青春時代に戻って新しい彼女、カナという女性と付き合い始めたような錯覚さえ覚えた。

会って一時間も経っていないというのに。

「さあ、行きましょう！」

カナは再び先輩の手を引くので、全裸のまま二人はベッドに倒れ込んだ。

そこからのカナは凄かった。

先輩を押し倒すと舌を入れた猛烈なキス、そして乳首から始まり体中を舐めてくる。

(妻はこんなことしてくれないな……)

股間を舐められているときは、カナの口はどんな構造になっているのか？　と思うほどで、初めて経験する快感が先輩の全身を駆け巡る。

「私も我慢できないから乗っちゃいますね」

そう言うか言わないかのうちに、カナは神業級の素早さで先輩自身にゴムを着けると騎乗位になり、いきなり激しい腰のグラインド。

荒々しくはあったが、通常では味わえない野性味のある交わりに先輩は喜びながらも圧倒されたままだった。

「アッキーも触ってくださいよ」

カナは先輩の手を取ると自分の胸を握らせた。

その瞬間、二人の接合部の辺りでパシャっと音がして、何か液体のようなものが勢いよく飛び散った。

（こ、これが噂に聞く潮吹きか!?）

先輩が驚きながらカナの顔を見上げると彼女の目はトロンとしており、口元からわずかにヨダレを垂らして恍惚《こうこつ》に浸っているのが分かる。

（これは演技じゃない……本当に好きな淫乱女って存在するんだな）

沢山の女性経験のある先輩も、嬉しいやら驚くやらで言葉がなかった。

その後は先輩も攻めに転じ、幾つかの体位を経てフィニッシュ。

どの体位もAV等でしかお目にかかれない変態的なもので先輩の奥さんなら、いや普通の女性なら拒否するような形ばかりだった。

「いや～、全部吸い取られた！　今までで最強最高の女性だったよ」

先輩はベッド上で大の字になりながら満足げに唸った。

「ありがとうございます」

カナは汗だくのまま先輩に再び濃厚なキスをした。

「また、お先にシャワー浴びさせてもらいますね」

カナはプリンッとしたお尻を揺らしながら小走りでバスルームに向かった。

「まさか出会い系でここまで素晴らしい女に会えるとは……。次はお金を払ってでもまたお相手してもらいたいな」

先輩がそんなことを考えながら、カナがバスルームから出てくるのを待っていた。

しかし、いつまで経ってもカナは戻ってこない。

それどころかバスルームから、シャワーの音すら聞こえてこないではないか。

先輩が心配してバスルームに行くと、照明が消えたままだった。

トイレをノックしたが返事がなく、念のために開けてみたら無人だった。

「カナさん、どこ？」

部屋のどこを探してもカナはいなかった。

狭い部屋だ、隠れるところなどない。

部屋を出るためのドアはベッドの真横を通らないとならないので、先輩が気付かないはずがなかった。

気が付くとカナの脱いだ服もバッグも消えている。

先輩は慌てて自分の所持品をチェックしたが、財布もスマホも無事だった。

「カナさん、消えてしまった？」

先輩は狐につままれた気分だったが、とりあえず服を着て部屋を後にした。

「しかし、あの濃密な時間は決して夢なんかじゃなかった……」

ニヤけ顔の先輩がホテルの薄暗いフロントで会計を済ませようとすると、カウンター越しに先ほど笑みを浮かべていた老人が話しかけてきた。

「部屋の料金ならもう貰ってあるよ、カナからね」

驚いた先輩は財布を落としそうになった。

「料金をカナさんから？　どういうことだ。おじさん、彼女を知っているの？　というかカナさんいつの間にか部屋からいなくなっていたんだけど、もう帰ったんだよね」

カナが部屋から突然消えたことに加えホテル代を彼女が払っていき、老人がカナの名前を知っているなど次々と訳の分からないことが起こり、先輩は大いに混乱した。

「ああ、カナは帰っていった。彼女が帰るときは誰にも姿を見せない。いつもホテル代だけフロントに置いていく。その姿は防犯カメラにだって映っていないさ」

そう言うと老人は、クククッとさもおかしそうに笑った。

「どういうことですか？」

先輩の疑問を無視して老人は言った。

「あんた、カナともう一度会いたいと思っているだろう？　分かるさ、あの女の味を知ったら簡単に忘れられはしない。でも命が惜しかったら止めておきな」

確かに先輩は、またカナと会いたいと心の中で強く願っていた。

それを老人に見透かされた先輩は動揺した。

「カナに魅せられ、またこのホテルに来て彼女と再び寝た男達――奴らは三度目は来られないんだ。みんな死ぬか、身体のどこかがおかしくなっちまうんだよ」

「そんなバカな話、とても信じられませんよ。もしかしたらカナさんとグルで私をからかっているんですか」

先輩は老人の支離滅裂な話と自分を馬鹿にしたような表情を見て不愉快に思い、無性に腹が立った。

「俺はただ、あんたに忠告してやっているだけだよ」

老人の目は笑っていなかった。

だが、もしかしたら老人がカナとグルになって何やら企み、自分をたぶらかそうとしているのかもしれないと先輩は勘ぐった。

よく考えれば交際料もホテル代もタダなんて話が旨すぎる。

「いい加減にしろよ、じいさん。何を企んでいるか知らないが、俺をユスろうって言うならすぐ警察に行くぜ」

先輩は語気を荒らげて威圧的に言い放った。

すると老人は、「これが証拠だ」と言い、いきなり座ったままでズボンを脱いだ。

そして老人の両足を見て先輩は息を飲んだ。

太腿から足先までどす黒く染まり痩せ細ったそれは、まるで下半身だけミイラ化したように見えた。

「俺もカナの客だった。二十年前、このホテルがリニューアルする前に俺はカナと二回寝た。そしたらこの有様だ。脊柱にウイルスだか何だかが入り込んで足が腐ってしまった。今じゃカナを抱くどころか自分で便所へ行くのも一苦労さ」

「じいさんもカナの客だった？　しかも二十年前。カナって女は一体何者なんだ？」

老人の痛々しい下半身を見て、先輩は全身に冷たい汗が噴き出てくるのを感じた。

先ほどまで素晴らしい女性だと思い込んでいたカナは、先輩の中で正体不明の恐ろしい存在に変わり始めていた。

「俺にも分からん。ただこれからもカナはこのホテルで男を抱き続けるだろうよ。カナは二十年以上前から全然変わらない。着ている服も持っているバッグも、顔の小じわも大きな胸も、やや垂れた尻も。カナは何一つも変わっていない。変わるのは馬鹿な男達だけだ。昔の俺と同じような。そして俺は未練がましく今もこのホテルでカナがやってくるのを待っている」

そこまで一気に話すと、老人は憔悴《しょうすい》しきって頭を垂れた。

「情けないがこんな身体になって時間も随分と経ったのに、未だにカナと寝たあの日が昨日のことのように思い出されるんだ。だから、せめてカナの顔だけでも拝めればとここで働くようになったのさ」

老人は最後に自嘲気味に笑った。

カナというまるで人外のような女も恐ろしいが、病気になってもなお彼女に惚れこむ老人の執着心にも先輩は驚愕した。

「分かったよ、あんたの話を信じる。もうカナとは会わない」

先輩は全身が震えるのを抑えながら、老人と約束した。

「それがいい、来るなら他の女と来てくれよな。詳しくは言えないが、カナと二回寝て俺みたいに悲惨な目にあった男達を俺は沢山知っている」

全てを話し終えた老人はズボンを穿くと、先輩の手にホテルの割引券を握らせた。

「ありがとう、またお世話になるよ。カナ以外の女性とな」

先輩は貰った割引券を手の中で握りつぶしながらホテルから出た。

その途端、カナが部屋から急に消えたことや老人のどす黒い足が一気に頭の中を駆け巡り、叫び出しそうになるのを堪えながら足早に駅に向かった。


現在、先輩のスマホの出会い系アプリには未だにカナが登録されている。

しかし、彼女をブロックすることができないでいるらしい。

何故なら老人の話を聞いて一度は怖くなったものの、先輩は今でも時たまカナと寝た濃密な体験を思い出し、連絡したくなる衝動に激しく駆られるからだという。

仏壇

沼崎さんは少し前、両親とともに都内のマンションに引っ越してきた。越してきてから数日間、荷物の整理や片付けに追われたが、最後に仏壇を設置してようやく落ち着いた。

仏壇には小さな写真立てに入った祖父の写真が置いてあった。

沼崎さんは荷物の整理中、アルバムから祖母の写った写真を選び、可愛い写真立てに入れると仏壇の祖父の写真の横に並べた。

「これで寂しくないでしょ、おじいちゃん」

仏壇で並ぶ二人を見て、沼崎さんは満足げに微笑んだ。

次の日、仏壇から酷い悪臭が漂うようになった。

沼崎さんいわく、ドブ川の悪臭を濃縮させたような最低な臭いだったという。

最初はお供えした花やその水、お菓子などが腐ったのかと疑ったがみんな違った。

お仏壇全体を改めて洗剤で掃除してみたが、臭いは一向に収まらない
では、このマンションの部屋自体に問題があってどこか他の場所や部屋から悪臭が漂っ

てくるのではないかと沼崎さんは疑った。

「しかし、越してきて仏壇を設置するまで、ここからは変な臭いは全然しなかったよなぁ」

と沼崎さんのお父さんは首を捻った。

正直、お父さんとしては越してきたばかりで、あまりマンション側や近隣の部屋とトラブルを起こしたくないという弱腰な考えがあった。

「一体、どうしてしまったのかねぇ」

そう言って、沼崎さんのお母さんは悪臭に耐えながら仏壇の前に座ると、少し多めにお線香に火を点けた。

するとお線香の煙がまるで掃除機に吸い込まれるように、祖父の写真立ての中に入っていくではないか。その光景を見た母親は怖くなって沼崎さんや父親に相談した。

「これは……マンションの構造とかの問題ではないかもしれない」

その夜、沼崎さんはトイレで目が覚めた。

仏壇のある部屋の前を通ると、珍しく悪臭が漂ってこない。

沼崎さんがドアを開けると照明の点いていない部屋の仏壇の前に、和服姿の女性がぼうっと白く光りながら正座している。

女性は後ろ姿で顔は見えないが、何やらブツブツと仏壇に向かって恨み言のようなことを一心不乱に呟いている様子だった。

沼崎さんは驚いたものの、その女性の後ろ姿に見覚えがあった。

「おばあちゃん、おばあちゃんでしょ？」

沼崎さんがそう話しかけると、正座している女性は少しだけ後ろを振り向いた。

その横顔は確かに沼崎さんの祖母だった。

祖母は祖父の、つまり自分の夫の写真立てを指さすと、スッと消えた。

消えるとき、生前はとても穏やかだった祖母の目が、まるで別人のように憎悪に満ちていて沼崎さんはそれがとても怖かったという。

朝になると仏壇からの悪臭は元に戻っていた。

だが、沼崎さんは祖父の写真立てを取ると、裏の留め具を外して中を取り出してみた。

すると祖父の写真以外にもう一枚の写真が出てきた。

きらびやかな着物で着飾った、若くて綺麗な女性の白黒写真。

沼崎さんがその写真を両親に見せると、二人とも「ああっ」と声を上げた。

「こんな写真、残っていたのか。オヤジのヤツ、いつの間に……」

両親に話を訊くと、写真の若い女性は芸者さんで生前の祖父が随分と熱心に入れあげていた人なのだという。間違った恋に狂った祖父は一時期、祖母と別れてその芸者さんと一緒になろうと本気で考えていたこともあるらしい。

祖父のそんなエピソードを聞いて、沼崎さんは大いに呆れた。

「こんな女性の写真が入っている物の横に並べられたら、そりゃお義母さんは怒るでしょう。私が嫁ぐ前の話だけど、物凄く揉めたって聞いたからね……」

母親は芸者さんの写真を見ながら笑った。

ただ、この芸者さんの写真を、祖父の写真立ての中に一緒に入れたのが誰だったのかは、最後まで不明だった。


現在、仏壇には祖父と祖母の写真が飾ってあるが、以前のような悪臭は全くしない。

「二人の仲を邪魔する存在がいなくなったから、おばあちゃんも満足したのかな？」

沼崎さんは仏壇に毎日のお線香を忘れない。

芸者さんの写真のほうは、両親がお寺でお焚き上げしてもらった。

そのとき、辺りに何とも言えない良い香りが漂い、お坊さんも驚いていたという。

「覚えているよ。これはあの芸者さんのお化粧の匂いだ。俺が学生だった頃、オヤジが時々、彼女を実家に呼んで友人達と騒いでいた。綺麗な人だったなぁ」

お焚き上げの最中に父親がニヤけ顔で言うと、母親は彼を肘で強く突いた。

お化け屋敷と観光バス

「私が若い頃に唯一体験した不思議な話なんだけど、あまりにも突飛な話なので誰も信じてくれないのよ。まあ、正直自分でもあれは夢だったんじゃないかと、今でも思うときがあるけど……」

そういうのは、少し前に還暦を迎えた大野さん。

ホラー映画や怖い話などオカルト系大好きな明るい女性だ。

そして私の怪談ネタ提供者でもある。

ただ大野さんはオカルト大好きなのに、御自身では殆ど心霊、怪奇的な体験をしたことがないという。

今回は彼女が若い頃に唯一体験した不思議な（珍妙な？）エピソードを教えてくれた。

大野さんが女子高生だった頃、彼女は東京に住んでいた。

実家の近くには大きな川が流れており、やや長めの橋を超えればすぐ他県に行くことができたという。

川の近くには現在はなくなってしまったが、遊園地があったらしい。

大野さんは幼い頃からよくその遊園地に遊びに行った。

大野さんのお気に入りアトラクションは、もちろんお化け屋敷。

その遊園地には常設のお化け屋敷があり、それはカートに乗って移動するタイプ。

どちらかと言うと洋風ホラーで嵐の夜、船上で起こる怪奇現象を体験し、現れる幽霊やモンスターなどに驚かされるといった内容だった。

ちょっと変わり者で肝っ玉の太い大野さんは、幼い頃からお化け屋敷の常連だった。

姉や母親が怖がっても、彼女だけは父親と一緒にカートに乗って、存分にお化け屋敷のスリルを堪能するのだ。

遊園地の奥には、普段はコンサートやイベントに使われる広めの更地がある。

夏になるとそこに、期間限定でもう一つ仮設のお化け屋敷が建つのだ。

そちらは必ずテーマが和風ホラーで、入場者が自分の足で歩いて直接恐怖体験をするタイプだった。

「やっぱり自分の足でドキドキしながら前に進むのがいいわよね」

大野さんは、少しはしゃぎながらそう語る。

仮設なので、はっきり言ってしまえば作り込みや内容はチープである。

だが、大野さんはその荒い作りや安っぽさが、却って恐怖感や不気味さを際立たせている所が好きなのだ。

彼女は毎年、仮設お化け屋敷が現れるのを凄く楽しみにしていた。

しかし大野さんが高校一年生の夏、その年に限って何かの都合で仮設お化け屋敷が設置されないということを知った。

「今年はつまらない夏になるな……」

良い意味で荒削りな和風ホラーが味わえないと知った大野さんは落胆したという。

大野さんが通学に使う電車からは、遊園地の全容を見渡すことができる。

もうすぐ夏休みが始まる頃、大野さんは学校帰りの電車に乗っていた。

車窓から見慣れた遊園地をぼうっと眺めていると、更地に見慣れない建物が建っている。

建物の形は、ほぼ正方形で全体の模様が薄い紫色。

建物の壁面には雨露に濡れた竹林が描かれており、おどろおどろしい雰囲気を醸し出していた。

「あれ、絶対にお化け屋敷でしょ⁉」

今年は仮設お化け屋敷はないと思っていた大野さんは歓喜した。

「夏休みになったら早速行こう」

大野さんは期待に胸を膨らませながら電車を降りた。

夏休みに入った数日後、大野さんは仲の良い友達と二人で遊園地にやってきた。

「そんなお化け屋敷が建つなんて聞いてないよ」

夏の暑い中、チケット販売所で並んでいるときに友達は言った。

確かに各種イベントなどを宣伝する遊園地の案内掲示板にも、仮設お化け屋敷の広告は見あたらない。

「でも私は確かに見たのよ」

チケットを買って入場すると、大野さんは友達の手を引っ張って他のアトラクションは無視して、仮設お化け屋敷があるはずの遊園地の奥へと走った。

果たして大野さんが電車から見た紫色の建物はあった。

『この夏だけのお楽しみ、戦慄恐怖の血みどろ屋敷!!』

建物の前に立てかけてある看板は、赤い文字で大袈裟にそう書かれていた。

「やっぱりあったでしょ、さあ入ろう!」

大野さんは汗を拭くのも忘れて一人で大はしゃぎ。

だが、友達は胡散臭そうな顔でこの紫の建物を見回して、中に入るのを渋った。

「何で他のアトラクションは混んでいるのに、ここだけ周りに誰もいないの……?」

確かに紫色の建物の前には大野さんと友達以外、客は誰もいなかった。

普通、夏休みで期間限定のお化け屋敷ともなれば多少なりとも列を作っていてもおかしくないはずだ。

「みんな怖くて近寄れないいんじゃないの？　早く入ろうよ」

一刻も早く仮設お化け屋敷に入りたかった大野さんは、周りのことなど気にせずに入場口に向かった。

その頃は現在の遊園地のようなフリーパスが一般的ではなかったので、各アトラクションの入場口で料金を払う必要があった。

「四十円」

受付の女性は無愛想に小さな声で言った。

受付の様子を見た友達は入場を辞退した。

大野さんはそんな友人に、「つまらないわねぇ」とぼやきながらお化け屋敷の入り口である両開きの大きな扉を開けた。

すると建物の中は、一筋の光もない真っ暗闇だった。

大野さんが数歩進み両手で探ってみると、何となく自分の前に何もない大きな空間が広がっているように思えた。

順路を示す小さな照明や印なども見つからない。

「幾ら何でも、これじゃ楽しめないわよ」

大野さんは暗闇の中、「すみませ～ん」と声を出してみた。

何かのトラブルでアトラクションが機能していないのかと思ったからだ。

「そのまま、前に進んでください」

突然、女性の声が耳元でそう囁いてきた。

感情のない無機質な声だった。

「は、はい！」

驚いた大野さんは、建物全体に響くくらい大きな声を出して答えた。

暗闇の中とはいえ、近くに人のいる気配が全く感じられなかったからだ。

もちろん、女性が自分に近づいてくる足音なんか聞こえなかった。

「すみません、あの……」

大野さんは振り向いてお化け屋敷について幾つか訊ねようとしたが、もう誰もいないようで返答はなかった。

「やっぱり、今年のお化け屋敷はおかしい」

今更ながら大野さんはそう思った。

ここで普通の人間だったら、踵を返して後ろにあるはずの扉から出て帰るという選択肢を選ぶだろう。

だが、お化け屋敷大好きな大野さんは言われた通りに前に進むことを選んだ。

両手を前に伸ばして一歩一歩、転ばないように気を付けながら。

そろそろ暗闇に目が慣れてきて、微かにでも辺りの様子が見えてきてもよさそうだったが、このお化け屋敷の暗黒にはそれがなかった。

どれくらい完全な暗黒空間を進んだろうか？

十メートルほど前方に、扉から微かに漏れる光があった。

大野さんはそれを確認すると安堵の溜め息を漏らした。

「まあ、スリルはあったけれどこれだけじゃあまりにも手抜きじゃない？」

そう思ったとき、大野さんは自分の左右に何かが置いてあることに気が付いた。

それは暗闇の中で、仄かにぼうっと光っていた。

大野さんを挟むように置かれているそれらは、二つとも彼女から四、五メートルは離れた場所にあるだろうか。

大野さんは目を凝らしてそれらをよく見ると、「何あれ!?」と叫んだ。

貝のサザエだった。しかもゆうに一メートル以上はある。

暗闇の中で微かに光を放つ、巨大なサザエが置かれていたのだ。

「まあ……インパクトはあるけど、まずは他の幽霊とか化け物が先じゃないの？」

大野さんは巨大サザエに呆れて馬鹿にしたが、次の瞬間、彼女の顔から笑みが消えた。

二つのサザエがズズズズッと、滑るように彼女に向かってきたのだ。

更に大野さんを焦らせたのが、その場から足が動かなくなってしまったことだ。

まるで両足が地面に張り付いてしまったかのようだった。

突然のことに大野さんは混乱しながらも、踏ん張って何とかその場から逃げ出そうとしたが無駄だった。

二つの動く巨大サザエが彼女を挟み込んだ。

大野さんはギャーギャーとわめきながらサザエを押し返そうとしたが、恐ろしく強い力で彼女を挟むそれらに対して全く無力だった。

そしてとうとう、二つのサザエが大野さんの腰から下を完全に挟み込んだ。

万力のような力が彼女の下半身をギリギリと締め付ける。

「サザエに挟まれて死ぬ私の人生って……」

大野さんはそんな自分を滑稽に思いつつ、あまりの痛さに気を失った。

気が付くと大野さんは更地に一人で立っていた。

空からは太陽が照り付けているが、彼女はとても肌寒く感じた。

紫色の建物は壁も形もない。

「ねぇ、ねぇってば！　何そこでバカみたいにずっと立っているの？　早く他の所に行こう。やっぱり今年は仮設お化け屋敷はないんだよ」

振り向くと、少し離れた所から友達が大野さんに向かってわめいていた。

大野さんが腕時計を見ると、遊園地に入ったときの時刻から十分も経っていなかった。

「さすがにサザエに殺されるはずがないよね……」

大野さんは痛む腰をさすりながら友達の元に帰った。

友達の話によると、大野さんは遊園地に入るなり一人で何もない更地に走っていき、この炎天下にも拘わらず、しばらくの間ただひたすらその場に立ち尽くしていたという。

その年の夏以降、遊園地は仮設お化け屋敷を設置することがなくなり、大野さんが大学を卒業する頃、地元民に惜しまれながら閉園した。

現在、遊園地の跡地には大きな高級マンション群が建っている。

大野さんは学生時代の夏休み前、電車内から見た紫色の不気味な建物の姿が今でもはっきりと脳裏に焼き付いているという。

「あの巨大サザエに挟まれたときの痛みも忘れられないわ。サザエに恨まれる覚えは全然なかったけれども」

笑いながら大野さんは次の話を語り始めた。

＊

次は大野さんの姪、理恵さんが体験した話だという。

理恵さんは都内のある会社で働いている。

その会社は毎年春になると社員旅行に行くのが恒例で、責任感が強くて皆から信頼のある理恵さんは、数年前その旅行の幹事を任されたという。

社員達で温泉旅館に泊まりに行くため、会社で観光バスを一台貸し切りにしていた。

理恵さんは旅行の当日、副幹事の後輩とともに朝早く会社に来て旅行の準備をしていた。

出発は朝九時だったが観光バスは八時前には来て、理恵さん達と添乗員が打ち合わせをする予定だった。

八時少し前になったので、理恵さんは予定通りこちらに向かっているのか確認するため、バスに同乗している添乗員に電話した。

しかし、電波状況が悪いのか何度電話しても添乗員の電話には繋がらない。

通話中になるのではなく、掛けた瞬間にすぐ切れてしまうのだ。

理恵さんは試しに後輩のスマホで添乗員に電話を掛けさせてみた。

だが、こちらもやはり繋がらない。

「無事にこちらに向かっているといいのだけど」

理恵さんが心配していると、

にゃあにゃあにゃあにゃあにゃあ～。


と後輩のスマホから猫の鳴くような可愛い着信音が聞こえてきた。

「あなたの着信音、随分可愛いわね。電話は添乗員さんからかしら？」

理恵さんの問いに対して後輩は何故か無言で電話にも出ず、その顔は青ざめていた。

「私の着信音はこんな猫みたいな鳴き声じゃないんです。しかも間違いなくマナーモードにしてあったのに。それにこれ……」

後輩はスマホ画面を理恵さんに見せた。

画面には着信元の電話番号ではなく、文字化けした訳の分からない模様のようなものが沢山並んでいた。

「何なんですかこれ？　旅行に行く前からこんなことが起こるなんて……」

微かに身体を震わせ怯えながらスマホを持つ後輩の様子からして、イタズラや嘘を吐いているようには見えない。

第一、後輩はバカが付くほどの大真面目で、こんなおかしなことをする娘ではなかった。

「何か朝からとても変だけど、今はみんなが楽しみにしている旅行を優先しないと。そのために、ここしばらく二人で頑張ってきたんじゃない。大丈夫、またおかしなことが起こっても私が絶対に守ってあげる！」

こんな直前で、副幹事が泣いて役に立たなくなってしまってはたまらない。

理恵さんが後輩の肩を優しく叩いて一生懸命に励ますと、彼女はようやく涙を拭いてウンと頷いた。

しかし、後輩にそのように強気発言をした理恵さんだったが、自分自身も何だかこの先悪いことが起こる予感がしてならなかった。

「もう近くまで来ているかもしれないわ」

理恵さんは会社前の国道まで出て、バスが走ってくるはずの右側を見た。

すると数十メートル離れた信号で、見覚えのある観光バスが停まっている。

「良かった、ちゃんと来てくれていたじゃない」

理恵さんは胸を撫で下ろした。

「変な着信音のことは旅が終わるまで内緒よ」

理恵さんは後輩に念を押すとバスのほうへ手を振った。

信号が青になり、バスが会社前近くまでやってきた。

フロントガラスの上部には、『○○株式会社御一行様』と理恵さん達の会社名がはっきりと表示されている。

しかし、その観光バスはスピードを緩めずに近付き、会社の前で待つ理恵さん達を無視して通り過ぎていった。

「ちょっと、どういうわけ？」

バスが通り過ぎる際チラリと見えたが、添乗員が立ち上がって運転手に何かを言っているようだった。

左側に走っていったバスは少し離れた交差点で左折していった。

「運転手さんはベテランだから安心って聞いていたのに……」

理恵さんがヤケ気味になって頭を振ると、近くの歩道に何かが落ちていた。

所々が赤く染まった薄灰色の毛が生えた物体。

明らかに車のタイヤに轢き殺された猫の死体だった。

「でも、何故車道ではなく歩道に？」

理恵さんは無残な死に方をした猫を可哀想だと思う反面、これから楽しい旅行だというのに嫌なものを見てしまったと下唇をかんだ。

「先輩、あれって……」

後輩も猫の死体に気付き、自分の両肩を手で抱えて身をすくめた。

理恵さんが後輩に今度はどう話しかけようかと迷っていたら、また観光バスが会社の前近くまで走ってきた。

理恵さんは運転席に向かって跳ねながら大きく手を振った。

しかし、またもやバスは会社の前をスルーしていった。

そのとき、運転手の動転したような顔を理恵さんははっきりと見た。

「旅行、どうなってしまうのでしょう？」

後輩がまた泣きそうな顔で言った。

「こっちが訊きたいわ……」

理恵さんは社員達が集まる前に、とりあえず今回の旅行の相談役である部長に電話を掛けようとした。

理恵さんがおぼつかない手付きでスマホを弄っていると、再びバスがやってきた。

そして今度こそは会社前の道路に無事、停車してくれた。

「遅れてしまい、大変申し訳ありませんでした～!!」

バスのドアが開くと同時に、女性の添乗員が謝りながら慌てて降りてきた。

運転手は何故か運転席に座ったまま挨拶もしにこない。

「何かあったのですか？　こちらも電話をしたのですが繋がらなくて」

理恵さんがそう言うと、添乗員は再び頭を下げて遅れた理由を口早に話してくれた。

観光会社からバスが出発してしばらくすると、走るバスの前に突然猫が飛び出してきて横切ろうとしてきた。

ベテランの運転手はブレーキも掛けず、そのまま猫を轢き殺したという。

猫を轢くとき、わずかに車体の揺れを感じ、添乗員は気分が悪くなった。

「チッ、仕事前に胸糞悪いぜ。着いたら気付かれないように、すぐにタイヤ綺麗にしますから、お客さん達や俺らの会社には内緒にしておいてくださいよ」

ベテラン運転手は全く悪びれずに添乗員に言った。

添乗員は運転手の態度に腹が立ったが、相手は勤続年数も長い大先輩だったので何も言うことができなかった。

バスが理恵さんの会社に近づいたとき、

にゃあにゃあにゃあにゃあにゃあ～。


という着信音が添乗員のスマホから大音量で流れてきた。

添乗員は驚いてスマホを床に落としてしまったという。

「あんた、変な着信音を使っているねぇ」

運転手は少し不機嫌そうに言った。

しかし、添乗員の着信音はこんな猫の鳴き声みたいなものではなかった。

「あれは……そんなはずはない」

添乗員がスマホを拾うと、不意に運転手が呟くように言った。

目的地である理恵さんの会社はすぐそこに見えていたが、運転手は何故かスピードを緩めずにそのまま通り過ぎてしまった。

「ちょっと、運転手さん。どうしたのですか!?」

添乗員が大慌てで言った。

「いや、すみません。たぶん見間違いでしょう、あんなものがあるはずがない……。そこを左折して回ったらまた戻りますよ」

運転手は平静を装っていたが、目を大きく見開き顔から汗を流している。

「体調でも悪いのですか？」と添乗員が訊ねると運転手は、

「大丈夫、気にしないでください」と低い声で答えた。

バスは再び理恵さんの会社近くまでやってきた。

添乗員は理恵さんが大きく手を振っているのを確認した。

「嘘だ、絶対に嘘だ。じゃなきゃ幻だろ？　あんな所には停まれない!!」

運転手は大声で叫んだ。

そしてまた、そのまま理恵さんの会社を通り過ぎる。

運転手は身体を震わせ、訳の分からないことをわめき続けた。

この大きなバスをきちんと運転しているのが不思議なくらいだった。

事態を重く見た添乗員は自分の会社に電話をしようとした。

「ああ、良かった。今度はない、まともだ」

運転手の安心した声とともに、バスは理恵さんの会社前に停まった。

そこで添乗員は慌ててバスから降りてきたのだと言う。

「猫を轢いたって……まさかあれではないですよね？」

理恵さんが近くに転がっている灰色猫の死体を指さした。

それを見た添乗員は驚いてよろめきそうになった。

「轢いたのは随分と離れた場所ですから、同じ猫ではないはずですが。でも色といい大きさといいそっくりですね」

すると突然、運転手がバスから降りてきた。

「すまなかった、すまなかったぁ〜！」

運転手は猫の死体に駆け寄ると、その前で土下座して何度も謝り始めた。

理恵さん、後輩、添乗員は呆気に取られながらその様子を見ていた。

「多少予定が遅れるかもしれませんが、会社から他の運転手を手配してもらいます」

我に返った添乗員はそう言ってスマホを取り出した。

「お願いします……」

理恵さんは謝り続ける運転手を尻目に頭を下げた。

三十分ほどして観光会社の車が代わりの運転手を連れてきた。

不思議なことに、いつの間にか猫の死体は消えていた。

それでもひたすら謝り続ける最初の運転手を、観光会社のスタッフが羽交い絞めにすると半ば無理やり連れ去った。

最初の運転手を連れ帰る際、観光会社の他のスタッフがタイヤに付いた猫の血を慣れた手付きで手早く洗い落としていってくれた。

「たまに轢いてしまうことがあるので……」

添乗員は引きつった笑みを浮かべながら言った。

観光会社の車が去った後、理恵さん達三人はこれから旅行を楽しみにして集まる他の社員達には、先ほど起きた一連の出来事を絶対に内緒にしておこうと決めた。

その後、社員旅行は何事もなく終わったという。

添乗員の話によると最初の運転手はすぐに辞めてしまったらしい。

彼が理恵さんの会社の前で何を見たのかは不明のままだ。

そして添乗員自身もあれからスマホがたまに、

にゃあにゃあにゃあにゃあにゃあ〜。

と鳴くので大変だったと語った。

スマホを取り換え、お祓いに行くなどしてようやくその現象が収まった。

不幸中の幸いだったのが、それらの費用は観光会社から出たということだ。

「たまにこういうことがあるらしいので……」

添乗員は理恵さんにまた引きつった笑顔で言ったという。

狩猟

「くそ、やっぱり信じた俺がバカだったな」

日本のバブルが弾けた頃、東京に住んでいるマンションのオーナー、梶尾さんの身に起きた話だ。

その日、梶尾さんは自分の経営するマンションの、二階の一室にいた。

梶尾さんの甥である、タツヤという青年が借りている部屋だ。タツヤは三カ月前から家賃を滞納していて、次に払えなかったらマンションを出ていく約束だった。

二年ほど前、俳優になるために東京にやってきたタツヤだったが、ここ一カ月半はマンションに帰らず、何をやっているのかも分からなくて音信不通状態だった。

電気やガスは既に止められている。

部屋にはタツヤの粗末な家財道具や服などが放置されたままだった。

タツヤの両親は二人とも他界しており、東北の実家にはタツヤの祖母、つまり梶尾さんの母親しかいない。

両親のいないタツヤを不憫に思い、彼の夢を叶えるための援助をできる限りしようと思っていた梶尾さんだったが、さすがに堪忍袋の緒が切れた。

家賃だって相場の半分にしてやっていたのだ。

既に実家の母親にはタツヤのことを連絡してあり、帰らせる準備は整っていた。

「あとはタツヤが帰ってくる現場を押さえるだけか」

梶尾さんは、近くのガラクタを忌々しそうに蹴っ飛ばすと部屋を出た。

部屋を出る際、ドアの鍵は変えて窓にもちょっとした細工を施し、外部からは簡単に侵入できないようにしておいた。

「この寒い季節だ、部屋に入れないのは辛いだろう」

長年、マンション経営をしていたので家賃滞納者の扱いには慣れていたのだ。


数時間後、梶尾さんは自宅の駐車場で自家用車の洗車をしていた。

「すみません、梶尾さんでいらっしゃいますか？」

梶尾さんが後ろを振り向くと、ガラの悪そうな男が立っていた。

パンチパーマにノーネクタイのスーツ姿、片方の手はポケットに入れたままだ。

「タツヤさん、御存じですね。仮に少し用があるのですか……」

言葉遣いは丁寧だが、鋭い目付きには狡猾《こうかつ》そうな光を宿している。

梶尾さんはこの男が一目で堅気の人間ではないことが分かった。

「確かに俺は梶尾でタツヤは甥だが、何の用かな？」

梶尾さんも負けじと男を一睨みして言った。

「私、○○ファイナンスの田部と申します。突然で失礼ですが、甥っ子さんがうちからお金を借りていましてね。返済して頂くためにうかがったのですが、お住まいのマンションにはずっといない。電話にも出なくて困っているのです」

田部と名乗る男は、やや大袈裟な身振りで自分の目的を説明した。

「ふん、金貸しか。で、タツヤは幾ら借りているんだ？」

梶尾さんは車の清掃の手を止めて田部に訊いた。

「利子も含めると、ざっと百二十万ほどになります」

「百二十万！　あいつ、家賃滞納だけでなくそんな大金を借金してやがったのか。もう情状酌量の余地はないな」

梶尾さんは、その場で自分の血圧が急上昇していくのを感じた。

そして怒りに任せてモップを地面に叩き付けると自宅に戻ろうとした。

「あ〜梶尾さん、伯父様であるあなたに少しでも払って頂けませんかね？　こっちも上からのノルマが厳しくて」

田部は急に下手《したて》に出て梶尾さんに頭を下げ借金返済を求めたが、それも演技がかっていて心が籠もっていない。

むしろ愚かな甥を持った梶尾さんを、小馬鹿にするようにすら見えた。

「俺が？　保証人でもないのにふざけるな。こっちも家賃滞納をされている。居場所が分かったら教えてほしいくらいだ」

梶尾さんは田部に、ビタ一文払わないとつっぱねた。

「ハァ、そうですか、そう出ますか。旦那、いい車乗っていますね？　傷ついたら修理代も高く付くでしょうなぁ」

田部はずる賢い笑みを浮かべ、わざとらしく背伸びして梶尾さんの車を覗きこんだ。

「はっ、チンピラ風情が脅しているつもりか？　お前みたいな青二才じゃ場数を踏んだ俺の相手にはならんぞ！」

梶尾さんは逆にドスの利いた声で田部を脅し返した。

それを聞いた田部は梶尾さんが思った以上に手強い相手だと悟ったらしい。

「ま、またお邪魔しますよ」

「タツヤを捕まえたら言っておけ。先に家賃を払えとな！」

梶尾さんのダメ押しの大声を背にして田部は退散していった。

「しかしタツヤの奴、本当にどこに行ってしまったんだ……？」

梶尾さんは大きな溜め息を吐くと、掃除道具を片付けて家に戻った。


その日の夜、梶尾さんはリビングで夜遅くまで書類仕事をしていた。

気が付くと深夜の一時を過ぎている。

「もうこんな時間か。そろそろ寝ないと……」

そう言って梶尾さんが大きく伸びをしたときだった。

「伯父さん」

どこからか、か細い声でそう呼ぶ声が聞こえた。

空耳かと思うと再び、「伯父さん」と囁くような小声で聞こえる。

小さいが確かにタツヤの声だ。

「タツヤ、帰ってきたのか。どこにいる？」

驚いた梶尾さんは立ち上がってリビング中を見回しながら言った。

しかし梶尾さんの問いには答えずにひたすら、「伯父さん」と連呼してくる。

それはどうやら玄関に通じるドアの奥から聞こえてくるようだった。

梶尾さんは声のするドアを開けて電気の点いていない廊下を見た。

そして思わず、「うおっ！」と大声を上げて驚いた。

廊下の床に顔があった。

タツヤの頭だけが廊下に置いてあった。

「伯父さん」

タツヤは梶尾さんを見上げ、悲しそうに言った。

「お前、タツヤなのか？　何だってそんな姿に」

しかし、暗さに目が慣れてくると、目の前の状況が分かってきたタツヤは四つん這いになり、胸や腹を床に密着させ、腰だけを浮かせていた。

まるで猫やそれに類する肉食獣が獲物を狙う態勢のようだった。

更に頭だけが床にあるように見えたのは、タツヤが身体の上下や手足全てを覆う、黒タイツを着ていたからだった
梶尾さんは以前も妖しげな演劇に出演する際、この奇妙な格好をしていたタツヤを見たことがあった。

「……タツヤ、お前どこまでふざけているんだ？」

梶尾さんはタツヤの家賃滞納や借金問題に加え、この意味不明な行動にはらわたが煮えくり返る思いだった。

「電話一本もよこさずに今までどこにいたんだ？　しかもお前、借金までしているそうじゃないか。昼間に借金取りが来たぞ。もう勘弁ならん！」

激怒して仁王立ちの梶尾さんにタツヤは首をすくめた。

そして、「伯父さん、東京は怖い。ぼやっとしているとすぐに身ぐるみ剥がされる。喰うか喰われるか、狩るか狩られるかだ」とメソメソと涙を流した。

「ふん、二年前東京に来たときに何度も言ったはずだ。大都会には隙あらば金をかすめ取ってやろうとする輩がうじゃうじゃいるとな。さあ、いつまでもそんな格好はやめろ」

梶尾さんがタツヤに近づくと、彼は四つん這いのままズリズリッと後退した。

怒りを通り越して気味の悪さを感じた梶尾さんは溜め息を吐くと、とりあえず廊下の照明スイッチを押そうとした。

「点けないで！」

タツヤは鋭い声を挙げて、スイッチを押そうとする伯父を妨げた。

「僕の身体はあまり明るい場所や、強い光は苦手になってしまったんだよ」

タツヤの訳の分からない言動に梶尾さんは眉をひそめた。

「僕も狩る側に回ろうとしたけど無理だった。ごめんなさい、伯父さん。借金までしてしまって本当にごめんなさい」

そう言って謝るタツヤの顔は痩せこけて老け込み、まるで重病人のようだった。

「分かったか、タツ坊。お前はまだ若いから俳優は諦めて実家のほうで仕事を探せ。借金は立て替えておいてやる。落ち着いたら早く嫁さんでも探して婆ちゃんを安心させろ」

どんな馬鹿でも可愛い甥っ子だ、梶尾さんは最後の援助の手を差し出してやった。

「ごめん伯父さん、本当にごめん。でも、もう無理なんだ。今までありがとうございます。おばあちゃんにも謝っておいて……」

泣きながらタツヤはまた獣の態勢で後退していき、そのまま暗闇の中に消えていった。

「おいタツ坊、タツヤ！　どこに行く。待たんか」

タツヤが消えた後、梶尾さんは暗い廊下の中を一人、立ち尽くしていた。

「タツヤ、お前はどうなってしまった。どこにいるんだ？」


翌朝、タツヤのことが心配で一睡もできなかった梶尾さんは家を出た。

警察に彼の捜索願いを出すためだ。

すると朝の九時を過ぎたばかりにも拘わらず、金貸しの田部が家の前に立っていた。

「何だ朝っぱらからお前か。金は返す、今は急いでいるんだ」

梶尾さんが横を通り過ぎようとすると、田部が青い顔をして梶尾さんの腕を掴んだ。

たそうだ。


「梶尾さん、それどころじゃないんで。さっきタツヤを見たんです」

「本当か、どこにいたんだ？」と、梶尾さんが逆に両手で田部の肩を掴んだ。

田部の話によると早朝からタツヤの住むマンションで、彼が帰ってくるのを見張ってい
冬なので辺りはまだ薄暗かった。

するとマンション前の歩道に突然、タツヤが現れたという。

奇妙なことにタツヤは黒タイツを着こみ、四つん這いで田部のことを見つめていた。

驚いた田部が話しかけようとすると、タツヤは突然、別の方向を見たと思ったら四つん這いのまま人間離れした動きと速さで飛び跳ねた。

移動した先でタツヤは口に小柄な野良猫を咥えていた。

目だけがやたらとギラギラと光っていて、まるで飢えた肉食獣のようだったという。

その姿に驚愕して大声を上げた田部が腰を抜かすと、タツヤは猫を咥えたままマンションの壁を素手で駆け上がっていき、建物の隙間に消えた。

「お前、変な薬でもやっているのと違うか？」

話を聞いた梶尾さんは田部に呆れ顔で言った。

「俺だって信じられないんだ。でも本当に見た。あれはタツヤだ」

恐らくは金貸しとして荒っぽい世界で生きてきた田部が、子供みたいに泣いていた。

「まさか、本当なのか……」

梶尾さんは昨晩のタツヤのおかしな出で立ちと行動とを思い出して震えた。

梶尾さんがマンションまで走り出すと、後から田部もついてきた。


マンション二階、タツヤの部屋の鍵を梶尾さんが開けると、彼は中から臭ってきた異臭に思わず鼻を覆った。

部屋の真ん中で、ガラクタに囲まれたタツヤが仰向けに倒れて絶命していた。

例の黒タイツ姿のまま。

死ぬ直前まで殆ど何も食べていなかったのか、生前と比べて随分と痩せ細っていたが、カッと見開いたままの目は獲物を狙う獣のようだった。

梶尾さんはその場で膝を着き、うなだれたまま甥の変わり果てた姿をいつまでも見つめていた。


それからは警察が来て、いろいろと大変だった。

梶尾さんはもちろん、田部も事情聴取を受けた。

タツヤの死因は検死の結果、意外にも栄養失調や飢えではなく、突発的な心臓発作だったという。

そして自分の部屋で死んでから数日間から一週間は経っていたらしいが、真冬だったこともあってか遺体の腐敗は殆どなかった。

「死後数日から一週間だって？　自分の部屋で？　タツヤの遺体が見つかる前日、確かに奴の部屋には死体どころか指一本なかったはずだ……」

梶尾さんは遺体の見つかる前日、タツヤの部屋を訪れた際に彼の遺体はなかったと警察にしつこく訴えたが、ガラクタ等に埋もれて発見できなかったのだろうということで済まされてしまった。

更にタツヤが黒タイツの化け物みたいな姿で、梶尾さんの前に現れたことも真剣に話したが、甥っ子さんを心配するあまりそのような荒唐無稽な幻覚でも見たのでしょうと、当たり前といえば当たり前だがこれも信じてもらえなかった。

しかし、警察の捜査やタツヤの葬儀等が終わった後も梶尾さんは納得できずにいた。

梶尾さんは素人ながら一生懸命に推理した。

あくまでも例えばの話だが仮に警察の検死結果等が間違いで、あの日梶尾さんが帰った後にタツヤが部屋に戻ってきてそこで突然死したとする。

だが、変更した鍵は掛かったままだったし、細工をした窓もそのままだった。

その状態でタツヤはどうやって部屋に侵入したのか？

それ以前に、夜に梶尾さんの家に現れた黒タイツのタツヤは何だったのか？

田部の見たという獣じみた彼の行動は？

加えて不気味なことがもう一つあった。

タツヤの死体は、両手足の爪が異様な形に伸びていた。

全ての爪先は、まるで鎌のように鋭利に曲がり尖っていた。

それは狩りをする大型の肉食獣の爪を連想させたという。

どんなことをしたら人間の爪がこんな伸び方をするのか、梶尾さんは首を捻った。


結局、タツヤの身に何が起きたのかは殆ど分からなかった。

「喰うか喰われるか、狩るか狩られるかだ」

梶尾さんは当時のことを思い出すと、泣きながらこのセリフを言うタツヤの顔が頭の中に鮮明に浮かぶらしい。

「行方不明の間、お前の身に何が起こったというんだ……？」

そして、甥を救えなかった自分を今でも責めている。

墓穴と混浴

去年、親戚の法事のときに遠縁に当たる智茂さんから聞いた話だ。

智茂さんはお酒の大好きな九十歳近い元気なおじいちゃんで、現在は六人の曾孫達に囲まれて幸せに暮らしている。

彼は数年前に生まれ故郷の秋田県から、都内に住む息子さん夫婦の所に越してきた。

「俺がガキの頃、生まれた村は本当に貧しくてね。信じられないだろうが、死人が出ても満足に葬式もできず、墓も建てられないくらいだった」

智茂さんはビールを飲みながら、懐かしそうに昔のことを語ってくれた。

「村で誰か死ぬとさ、その家族が出来の良くない棺桶を安く買ってくるんだよ。笑っちまうのが、本当にスカンピンな家では漬物用のデカい樽を棺桶の代わりに使う所もあった。当時は土葬だったから、ホトケさんを棺桶に入れたらそのまま土の下に埋めるんだ」

ただ、最初に智茂さんが言ったように、彼の村では何とか棺桶は用意できても墓石を建てる余裕のない家が殆どだった。

だから棺桶を埋めた土饅頭の上に故人の名前を書いた木の板を挿すか、酷いと印を付けた石を置くだけなんて墓も珍しくなかったという。

「土葬の面白いところは、遺体から出たガスが棺桶の中に溜まる。棺桶が腐って潰れるとそのガスが抜ける音がするんだが、これが結構大きな音を立てるんだ。ボコンッ！　って。同時に棺桶の上に盛ってあった土饅頭が崩れ落ちて墓に大きな穴が開く」

村の人々はその現象を、「ホトケさんが昇っていった」と言い、皆で土を盛り直す。

「全部の墓がそうなる訳じゃないが、みんな安い棺桶を使っていたから頻度は高かったよ。その土葬について昔、村で面白い目にあったヤツがいたんだ。ハルさんっていう、やっぱり俺と同じで、のんべえなおっちゃんの話だよ」

智茂さんはよほどおかしかったのか、一人で大笑いしながらその話をしてくれた。


それは智茂さんが子供の頃、まだ戦前の話だった。

ハルさんという酒好きな男性が夕刻、村の墓地近くを通りかかった。

その日、ハルさんは酒代を捻出するために隣村の質屋まで所持品を売りに行ったが、二束三文にもならず、酒を買うことができなかった。

「ちくしょう、あの質屋め。ろくな死に方せんぞ」

ハルさんが悪態を吐いたとき、

ボコンッ‼　と墓地のほうから大きな音が響いてきた。

ハルさんが驚いて墓地を見ると、ある墓の土饅頭が陥没して大きな穴が開いていた。

その墓は半年程前に亡くなった幸三さんの物だった。

幸三さんはハルさんと酒飲み友達だったが、ある晩、千鳥足で家に帰る途中に用水路へ転落して溺死したのだ。

最近、村では墓地でおかしな現象が起こるという話が度々上がっていた。

だが、ハルさんはそんなもの端から信じていない。

「幸三、おとなしく寝てろい！」

機嫌の悪かったハルさんは、逆に穴の開いた幸三さんの墓に向かって石を投げつけるという罰当たりを行う始末。

そして家に向かおうとした瞬間、ハルさんの後頭部にコンッと何かが当たった。

「いてぇな、誰だ⁉」

再び墓地のほうを振り向いたが誰もいない。

ハルさんの足元には、自分が先ほど幸三さんの墓に向かって投げた石が落ちていた。

粗末な墓地だから隠れる場所などない。

強いて言えば幸三さんの墓に開いたばかりの穴の中か。

「そこに隠れていやがるのか？」

怒ったハルさんは墓地に入って、穴の開いた幸三さんの墓に近づこうとした。

そのときハルさんの顔の前を、ヒュンッと大きなコウモリが横切っていった。

コウモリの顔が一瞬、笑った幸三さんのそれに見えた。

コウモリに動揺しているハルさんに追い打ちを掛けるように、いきなり、ボコンッ！

ボコンッ！　ボコンッ！　ボコンッ！　ボコンッ！　と幸三さん以外の墓も次々と陥没していき、墓地は穴だらけになってしまった。

その光景を見てさすがに震えあがったハルさんは、墓地を出ると急いで家に帰った。

「くそ、今日は何て日だ……」

独り者だったハルさんが、囲炉裏に火を入れようとしているときだった。

ボチャンッ!!

今度は台所のほうで何やら大きな物が水に飛び込んだような音がした。

「今度は何だ？」

ハルさんが恐る恐る台所に向かうと、水を溜めておく大きな桶の中に、死んだはずの幸三さんが入ってこちらを見ていた。

桶の液体に浸かっている幸三さんは、まるで酔ったような火照り顔で満足そうな様子。

幸三さんの顔は生前のままだが、身体は皮と骨ばかりのガリガリだった。

ハルさんはその光景にまたまた驚いていたが、同時に辺りに良い匂いが漂っていることに気が付いた。

ハルさんの大好きな酒の匂い、それも上物っぽかった。

どうやら幸三さんが浸かっている液体は酒のようだ。

幸三さんはほぼ骨と言っていい両手で酒をすくい、また樽に落とした。

まるで、一緒に飲もうじゃないかと誘っているようだった。

「幸三、死んでいるくせにお前にはもったいないぞ」

ハルさんは酒の魅力に負けて、幸三さんの浸かっている桶に飛びかかった。

すると幸三さんは素早い動きでハルさんの頭を掴むと、そのまま桶に溜まった酒の中に突っ込んだ。

ガリガリのくせに恐ろしい力で頭を押さえつけられ、ハルさんは大好きな酒の中で息ができずに気を失ってしまった。

翌日、仕事場に来ないハルさんを心配して村の者が彼の家にやってきた。

そして空の桶に頭を突っ込んで気絶しているハルさんを発見した。

ハルさんは皆に昨日、死んだはずの幸三さんが現れたことを話したが、

「また酔っ払っていたんだろ」と相手にしてもらえなかった。

「酒が買えないのに酔えるはずないだろ」

ハルさんは皆を墓地まで連れていった。

すると村の者達は一人残らず、真っ青な顔になった。

墓地にある墓の土饅頭が、一つ残らず陥没して穴だらけになっていたからだ。

一晩のうちにこんな現象が起きるなど、とてもではないが棺桶内のガスがうんぬんの話では説明が付かない。

「そういえば随分と荒れ果てているよな、この墓地」

村人の一人がぽつりと呟いた。

「言われてみれば、これでは幸三でなくても化けて出たくなるかもな」

村人達は荒れ果てた墓地を見て皆、頷いた。

何年か前まで、墓守っぽいことを兼ねていた老人がいたが、その人が亡くなって以来、墓地の面倒を見るものは誰もいなかったのだ。

そこで急きょ皆で金を出し合って、僧侶を呼んで念仏を唱えてもらい、お粗末ではあるが墓地とその周りを綺麗に整えた。

以来、それが効いたのか村の墓地ではおかしなことは起きなくなった。

余談だが、ハルさんはそれ以来酒を止め、死ぬまで墓地の面倒を見たという。

「ハルさんが本当に死んだはずの幸三さんを見たかどうかは分からないが、墓地が大きな穴だらけになっていたのを、ガキの頃だがはっきり見て覚えているよ」

智茂さんは懐かしそうに言った。

そんな村の墓地だが現在はしっかりと整備され、全ての墓にきちんと墓石が建てられているらしい。


ついでに智茂さん自身が体験した話も教えてくれた。

「あれは五十年近く前の夏だったかな。ある温泉旅館に悪友達と行ったときの話だよ」

その温泉旅館は混浴の露天風呂があることで有名だった。

まだまだ元気だった智茂さんと二人の友人は、その露天風呂に突撃してあわよくば女の裸を拝んでやろうと、アホな妄想をしながら喜び勇んで泊まったのだ。

夜、三人は旅館の自慢の料理に舌鼓を打ちながらビールや酒を呷《あお》った。

その後、少し酔いを醒ますと智茂さん達は真の目的である混浴露天風呂に向かった。

三人は簡素な脱衣所でタオル一丁になり、邪《よこしま》な考えを抑えきれずに薄笑いを浮かべながら露天風呂と対峙した。

しかし、智茂さん達の予想に反して湯船には男達しかいなかった。

大きな真円の湯船には高齢男性二人、智茂さん達と同じ中年男性二人、そして中学生くらいの男の子がそれぞれ気持ちよさそうに湯に浸かっている。

期待外れの三人は簡単に身体を流すと湯船に入った。

「……まあ、そんなにうまい話はないよな」

友人の一人が眼下に流れる川を見ながら言った。

この辺りの風習で、色とりどりの提灯が川に沿って沢山吊されており、幻想的な風景を作り出していた。

「そうだな、湯加減も良いし周りの景色もなかなか風流だ」

河原の風景を見ながら智茂さんは己のスケベ心に呆れ、湯の中で大きな伸びをした。

三人は当初の目的は得られなかったが、ゆっくりと温泉に浸かって疲れを癒した。

智茂さん達が脱衣所に戻ると、小太りの男性が一人で清掃をしていた。

男性はこの旅館の番頭さんで、三人を見ると丁寧に頭を下げた。

「番頭さんよ、せっかくの混浴なのに野郎ばかりで色気がねえよ」

友人の一人が笑いながら番頭さんに、しょうもない嫌みを言った。

「ははは、混浴と申しましてもこんな時間だと大胆な高齢女性のお客様くらいしか御入浴されませんよ、実際のところ」

番頭さんも笑いながら軽く返した。

「そうだよな～」

三人は着替えると脱衣所を出た。

部屋に戻る途中、「どうする、また部屋で飲み直すか？」と友人が訊いてきた。

「あ、俺、脱衣所にライター忘れてきた。取ってくるから先に戻ってくれ」

智茂さんはそう言うと、そそくさと元来た道を戻った。

そして脱衣所に着くと、智茂さんは番頭さんに千円札を握らせながら話をした。

「さっき、こんな時間って言っていたよな。じゃあ若い女、少なくともババァじゃないのが来る時間帯があるってことだな？」

番頭さんは千円札を懐に入れながらニヤリと笑う。

「お客さん、鋭いですね。まあチップも頂いてしまったから教えますよ」

番頭さんの話だと、この混浴温泉は深夜零時で閉まってしまう。

しかし、実際のところはその後も普通に入ることができる。

すると温泉から見える川の夜景を楽しみたい女性客が、こっそりやってくるらしい。

男に裸身を見られることなくゆっくりと。

時間を過ぎたからと言って混浴温泉が終わった訳ではない。

だから夜零時過ぎに行って、運が良ければ素人女性の裸が拝めるかもしれない。

最近は零時すぐの裏ルールを知った若い女性が多く入浴しにくるという。

「この野郎、そんな裏技があったのか」

智茂さんは、ヒヒッとまたスケベな笑みを浮かべた。

「実は今夜、若い女性が集団で宿泊されています。その方々が御入浴されていたら……きっと絶景ですよ～」

「このスケベ野郎」と自分のことを棚に上げながら、智茂さんは番頭さんの肩を軽く叩いて意気揚々と自分の部屋に帰った。

「俺は湯に当たったのか疲れた、先に寝るよ」

まだ飲んでいる友人達を尻目に智茂さんは横になった。

そしてしばらく寝たふりをしていたが、頃合いを見計らって起き上がる。

時間は深夜零時半を少し過ぎたところだった。

友人二人は飲み過ぎて畳の上でいびきをかいている。

「悪いな、ちょっくら楽しんでくるぜ」

番頭さんの言う通り、露天風呂に脱衣所はまだ明かりが点いて入浴可能だった。

中に入ると幾つもの脱衣籠に浴衣が入っている。

そして脱衣所内には、うっすらと女物の化粧品の香りが漂っていた。

「大当たりじゃねえか！」

智茂さんは勝手に妄想を膨らませながら、急いで自分も浴衣を脱いだ。

露天風呂への短い階段を下る途中、奥から若い女性達の声が聞こえてきた。

だが、湯煙の立つ露天風呂を前にした智茂さんは肩を落とした。

真円の湯船には、人っ子一人いなかったのだ。

「どこに行ったんだよ、裸の女どもは……」

またもや勝手に邪な妄想を膨らませて期待していた智茂さんは、無人の湯船を見て大いに悔しがった。

しかし、せっかく裸になったのだから、とりあえず一人寂しく温泉に浸かることにした。

下方の河原を見るとまだ、沢山の提灯がぶら下がっている。

「まあ、こうやって一人で温泉を独占するのもまた贅沢か」

智茂さんは湯船の真ん中で、しばらく何も考えずに座っていた。

するとさっきまで気が張っていた智茂さんは、急に疲れが出たのかいつの間にかうつらうつらして湯船の中で寝てしまった。

しばらく経って頭が、がくんと前に倒れ湯面に顔が浸かって慌てて目を覚ました。

そのとき、自分の周りを見て、思わず身を縮めてしまった。

真円の湯船の真ん中にいる智茂さんを囲い込むように、沢山の人々がズラッと円を作って並んでいた。

彼を囲んでいるのは全員、女だった。

様々な年齢層の女達が湯船に座っており、上は八十歳越えくらいのおばあちゃん、下は十歳に満たないような少女までいる。

皆、湯船の真ん中で怯えている智茂さんを笑っていた。

「こいつらいつの間に入ってきたんだ？　これじゃ、こっちが見世物だ」

智茂さんは湯船から飛び出して逃げたかったが、女達の好奇の視線を浴びていると、どうしても身体を動かすことができない。

辛うじて股を閉じ、タオルで股間を隠すのが精一杯だった。

「お兄さん、何もそんなに隠さなくてもいいじゃないか」

女の中で一際太めの中年女性が智茂さんに近づいてくると、おもむろに彼の股間を真下から指でチンッと突き上げた。

「うひぃ！」

女性のあまりにも大胆な行動に智茂さんは情けない声を上げた。

それが合図となって、他の女性達も一斉に智茂さんの股間を指で突き始めた。

チン、チン、チン、チン、チン……。

恐ろしいことに他の女性達は今の場所に座ったまま智茂さんの股間を触ってくる。

湯の中を見ると、どういった仕組みか女性達の手首から先だけが伸びて、四方八方から智茂さんの大切な場所を下から突いて弄んでいるのだ。

チン、チン、チン、チン、チン……。

女達の笑い声も股間を触ってくる異様な手も、一向に止まる様子がない。

「頼む、やめてくれぇ!!」

そう叫んだ瞬間、最初の太った中年女性が大声で笑いながら、デカい胸とはみ出た腹を震わせて智茂さんに抱きついてきた。

「……お客さん、困りますよ。もうお客様達の風呂の時間は終わって、今は我々従業員達が入る時間帯なのですよ」

智茂さんが股間を押さえながらハッと気が付くと、目の前に裸の番頭さんが立っていた。

彼は仕事が終わって、この温泉に入りにきたのだという。

智茂さんは大慌てで、今し方起こった不気味な体験を番頭さんにまくしたてた。

「沢山の女達？　アソコを弄られた？　もうお客さん、酔っ払って温泉に入ると危険ですよ。うちの温泉に限ってそんな怪談じみた話はありませんて！」

番頭さんは智茂さんの語る異常な体験を聞いて、露骨に嫌な顔をした。

「いや、あのとき俺は酔っていなかったし、まだアソコを触られた感覚がはっきりと残っているんだよ」

やや錯乱気味の智茂さんは、タオルを外して己の股間を見せようとしたが、番頭さんはそれを制して、「まあ、落ち着いて。せっかくですから一緒に改めて温まりましょう」と呆れながら言った。

二人はしばらく無言で湯に浸かっていた。

川のほうから昇ってくる心地よい風が、智茂さんの顔を撫でる。

「お客さん、下の河原に並ぶ提灯、綺麗でしょ？」

番頭さんがそう言ったので智茂さんは、「ああっ」と生返事をした。

「でも、本当はもうとっくに提灯の火を消している時間なのです」

しかし、河原には煌々と沢山の提灯が今でも並んでいる。

「何だって？　じゃあ、あの提灯どもは何なんだよ」

智茂さんが湯船から河原を見下ろした。

河原で連なり光っているのは提灯ではなかった。

沢山の女の顔が河原に並び、笑いながら智茂さんを見上げていた。

チンッ。

後ろから股間を触られて、智茂さんは飛び上がった。

いつの間にか番頭さんの姿は消え、先ほどまで明るかった河原は真っ暗だった。

智茂さんは無言で風呂から出て脱衣所に向かった。

恐ろしくて大声で叫びたいのを、最後の理性で必死に押さえていたのだ。

だが、脱衣所にある大きな鏡で自分の姿を見たとき、とうとう耐えられなくなり、下着を掴むと浴衣だけを羽織って、そのまま自分の部屋に戻った。

幸い夜遅かったため、他の客などに見られることはなかった。

部屋に戻ると智茂さんは友人二人を起こして、こんな旅館はすぐに出ようと言った。

寝ぼけ眼の友人達が何事かと訊くと、智茂さんは先ほど露天風呂で体験した出来事を大真面目な顔で話した。

「トモさん、いい加減にしてくれよ。こちとら久しぶりに自由に飲んでゆったりしているのにそんなバカげた話を……」

しかし、智茂さんが浴衣を脱いで自分の下半身を見せると友人達は黙ってしまった。

智茂さんの下腹、両腿、股ぐらには、大小沢山の手形が真っ赤なミミズ腫れとなって付いていたのだ。

「今でもそのミミズ腫れは残っているよ。アソコが皺くちゃになっても女どもの手形は股ぐらに鮮やかに残っているのさ」

智茂さんはこの場でそのミミズ腫れを見せてくれると言ったが、一緒に話を聞いていた母親がさすがにそれは止めさせた。

「本当なのになぁ」

酔った智茂さんは残念そうに呟いた。

本書の実話怪談記事は、恐怖箱 夜泣怪談のために新たに取材されたものなどを中心に構成されています。快く取材に応じていただいた方々、体験談を提供していただいた方々に感謝の意を述べるとともに、本書の作成に関わられた関係者各位の無事をお祈り申し上げます。

恐怖箱 夜泣怪談

2019年9月5日　初版第1刷発行

著者　内藤駆
総合監修　加藤 一
カバー　橋元浩明（sowhat.Inc）
発行人　後藤明信
発行所　株式会社　竹書房
〒102-0072　東京都千代田区飯田橋2-7-3
電話03-3264-1576（代表）
電話03-3234-6208（編集）
http://www.takeshobo.co.jp
印刷所　中央精版印刷株式会社

定価はカバーに表示しています。
落丁・乱丁本は当社までお問い合わせ下さい。

ISBN978-4-8019-1985-5 C0193